U0926400

醉男醉女

小钧沉系列

伊巴涅思短篇小说集

[西]伊巴涅思 —— 著
戴望舒 —— 译

天地出版社 | TIANDI PRESS

图书在版编目（CIP）数据

醉男醉女 /（西）伊巴涅思著；戴望舒译. —成都：天地出版社，2018.3

ISBN 978-7-5455-3371-2

Ⅰ.①醉… Ⅱ.①伊… ②戴… Ⅲ.①短篇小说—小说集—西班牙—近代 Ⅳ.①I551.44

中国版本图书馆CIP数据核字（2017）第280782号

醉男醉女

出 品 人	杨　政
著　　者	[西]伊巴涅思
译　　者	戴望舒
责任编辑	张秋红
封面设计	今亮后声
电脑制作	胡凤翼
责任印制	葛红梅
出版发行	天地出版社 （成都市槐树街2号　邮政编码：610014）
网　　址	http://www.tiandiph.com http://www.天地出版社.com
电子邮箱	tiandicbs@vip.163.com
经　　销	新华文轩出版传媒股份有限公司
印　　刷	北京市十月印刷有限公司
版　　次	2018年3月第1版
印　　次	2018年3月第1次印刷
成品尺寸	127mm × 185mm　1/32
印　　张	5
字　　数	50千字
定　　价	32.00元
书　　号	ISBN 978-7-5455-3371-2

咨询电话：（028）87734639（总编室）

购书热线：（010）67693207（市场部）

编者前言

钩应夏，沉应冬，钩沉是夏冬，也是春秋；所谓“钩沉”，即是重新挖掘散失的篇章、经典。

本套丛书所选书目包括鲁迅、戴望舒、郁达夫等民国大家的翻译作品以及林徽因选编的民国小说集。在由现代出版业因经济效益而建构的浩如烟海、泥沙俱下的出版景观中，这样一个编辑视角不可谓不新颖、有趣，至少在我们有限的出版视野中是不多见的。

类似鲁迅、郁达夫、戴望舒这样的大家，他们的原创文字，在市面上已有无数版本，但由他们翻译或编辑的文本却少之又少，构成他们文字生涯重要组成部分的这部分工作为何会被后人逐渐忽视以至遗忘?

“我非所爱读的东西不译，且译文文字必使像是我自己作的一样。”郁达夫这样谈及自己的翻译。我们在重新编辑整理这套丛书时也强烈地感受到，这些文字大家在翻译和编辑他人作品时，所遵从的是同自己的创作一样严谨、苛刻的文字标准，而经他们之手流出的文字景观，也同他们自己创作的文字一样，值得后世之人反复捧读。

在这套丛书的编辑过程中，我们遇到了很大的挑战和困难。一方面多数文本虽非大家原创，但毕竟是经大家处理过的文字，我们不便任意改动；另一方面，民国时的语言表达与行文风格，已经不符合当代读者的阅读习惯，这一点体现在翻译作品中尤其明显，除了编校上的错误，民国原版中的相当多表述会对现代读者造成理解障碍，甚至译者对外文原著也偶尔有理解上的偏差，完全依照民国原版出版，其实是对当代读者的一种不负责任。因此，我们在参照权威民国版本的基础上，一方面尽量保持民国原有的表述及语言风格，另一方面也根据现代阅读习惯及汉语规范，对原版行文明显不妥处酌情勘误、修订，从标点到字句再到格式等，都制定了一个相对严谨的校正标准与流程。最后的修订结果若有不妥之处，还望读者海涵。

凡例

本套丛书以民国影印版为底本进行编校，力求最大限度还原民国原版风貌，因此在编校过程中尽量尊重并保持民国原版行文风格，但考虑到民国时的表述习惯与现代汉语规范已相去甚远，也不符合当代读者的阅读习惯，同时民国原版也难免存在编校上的错误，出于对当代读者更负责任的角度，本套丛书对民国原版文本进行了适当修订、勘误。具体操作遵从以下凡例：

一、本套丛书以民国影印版为底本进行编校、修订，繁体竖排全部改为简体横排。

二、标点审校，尤其是引号、分号、书名号、破折号等的使用，均按照现代汉语规范进行修改。

三、原版中的异体字，均改为现代通用简体字。

四、错误的字词均按照现代汉语规范进行修正。如："狐独"改"孤独"，"磕瓜子"改"嗑瓜子"，"悉蟀"改"蟋蟀"，"和协"改"和谐"，"绉纹"改"皱纹"等。

五、对民国时期的通用字，均按现代汉语规范进行语境区分。如："的""地""得""底"，"合""和"，"做""作"等。

六、语词发生变迁的，均以现代汉语标准用法统一修订，如："发见"改"发现"，"印像"改"印象"，"那末"改"那么"，"斤斗"改"筋斗"，"澈底"改"彻底"，"计画"改"计划"等。

七、同一本书中的人名、地名译名尽量统一；外文书名、篇名均改为斜体。

八、表述不清的语句，在尽量不影响原版行文风格的基础上，进行修改。如："对于这问题，给以解释之明，在内供可惜还没有。"改为"对于这问题，内供可惜还不能给以解释。"又如："可是没有一个人放下报纸时，心里不觉得希望。"改为"可是没有一个人放下报纸时，心里不觉得有希望。"

九、有语病的语句，亦在尽量不影响原版行文风格的基础上，按照现代汉语规范进行修改。如："'真的？'轻轻地反问。"此句缺主语，依照上下文改为"'真的？'她轻轻地反问。"又如："一个老人身上还有破烂的绸衣碎块来求我们的怜悯。"此句句式杂糅，改为"一个身上挂着破烂的绸衣碎块的老人来求我们的怜悯。"再如："那些庭园似乎很久很久有许多年数没有人迹到过似的。"此句语义重复，删掉"很久很久"。

十、引述内容部分，如书信等，统一改同号楷，引文上下空行。

十一、酌情补注，简短为宜，注释方式为底注。

十二、书中各篇标题、落款、注释等编辑元素统一设计处理（包括字体、字号、间距等设计元素）。

目录

醉男醉女

一

从古莱拉到刹公特，在伐朗斯的全个平原上，没有一个村庄不知晓他。

他的风笛声一起，孩子们便奔跳着跑过来，妇人们高兴地你喊着我，我喊着你，男子们也离开了酒店。

于是他便鼓起两颊，眼睛冷漠地瞪看着天空，在以一种偶像般漠不关心的态度来接受的喝彩声中，他便一点不放松地吹起来。他的剥裂的老旧的风笛，也和他一同分得那大众的赞赏。当这风笛不滚落在草堆中或小酌处的桌下的时候，人们便看见它老是在他的腋下，像一个大自然在过度的音乐癖中所创造出来的新的肢体一样。

那些嘲笑着这无赖汉的妇人们，最后觉得他美好了。高大，强壮，圆的头，高的额，短短的头发，骄傲地弯曲着的鼻子，使人在他的平静又庄严的脸上，想起罗马的贵族来：不是那在风俗谨严的时候，像斯巴达人一样地生活着，又在马尔斯场锻炼着体格的罗马贵族，却是那在因狂饮大嚼而损了种族遗传的美点的衰颓时代的罗马贵族。

提莫尼是一个酒徒：他的惊人的天才是很出名的（因此他得到那“提莫尼”[Dimoni[1]]的绰号），

---

① Dimoni是从demonio（魔鬼）变化出来的，是一个专门给弄着中魔似的音乐的音乐家的绰号。

可是他的可怖的酗饮却还要出名。

他是一切庆会中都有份儿的。人们老是看见他静默地来到，昂着头，将他的风笛挟在腋下，跟随着一个小鼓手—— 一个从路上拾来的顽童——他的后脑上的头发是脱落了，因为他只要稍稍地打错一点，提莫尼就毫不怜悯地拔着他的头发。而且后来这顽童之所以疲倦于这种生涯，脱离了他的师傅，也只是因为变成了和他一样的酒徒。

提莫尼当然是省中最好的风笛手，可是他一踏进村庄，你就须得看守着他，用木棒去威吓他，非等迎神赛会结束后不准他进酒店去。或者，假如你拗他不过，你便跟着他，这样可以止住他每次伸出来抢那尖嘴的小酒瓶倾瓶而饮的手臂。这一切的预防往往是无效的；因为不止一次，当提莫尼在教会的旗帜之前挺直而严肃地走着的时候，他会在小酌处的橄榄树枝前，突然地吹起《王家进行曲》，冲破那当圣像回寺院时的悲哀的De Profun – dis，[①]来引坏那些信徒。

这改不好的游浪人的不专心却很得人们的欢心。大群的儿童，奔跳着聚集在他周围。那些老孩子笑他那走在总司铎的十字架前时的神气；他们远远地拿一杯酒给他看，他总用一种狡猾的眏眼来回答这邀请，这眏眼似乎是说：保留着“等一会儿”来喝。

这“等一会儿”在提莫尼是一个好时光，因为

---

① 为死者祈祷的哀歌。——译者注

那时庆会已经完毕，他已从一切的监视中解放出来，他最后可以享受他的自由了。他大模大样地坐在酒家中，在染着暗红的颜色的小桶边，在锌制的桌子间。他快乐地呼吸着在柜台上很脏的棚子后面的油、大蒜、鳘鱼、油煎沙丁鱼的香味，默看着那挂在梁上的熏肠串，停着苍蝇的熏炙的酱品串、腊肠，和那些洒着粗红辣椒的火肠。

酒店女东家对于一个跟着那样许多的赞赏者，使她不够手脚去装满酒壶的主顾是十分欢迎的。一缕粗羊毛和汗水的沉着的气味广布在空气中，而且在煤油灯的暗弱的光线中，人们可以看见那尊颂他的一大团人：有的坐在稻子豆下的稻凳上，有的蹲在地上，用他们的有力的手掌托着他们的笑得似乎要脱骱的大下颏。

大众的目光都注射在提莫尼身上："老婆子！吹个老婆子！"于是他便用他的风笛模仿起两个老妇人的鼻音的对话来。他那样滑稽的态度，使那不竭的笑声震动了墙壁，惊起了隔院的马，它也将它的嘶声加到那喧闹声中去。

人们随后要求他模仿"醉女"：那个从这一村到那一村，卖着手帕，又将她的收入都用在烧酒上的，"什么也没有"的女子。那最有趣的是她是逢场必到，又是第一个破出笑声来的。

当他的滑稽的节目完毕后，提莫尼便在他的沉默而惊服的群众面前任意地吹弄着，模仿着瓦雀的啁啾声，微风下麦草的低语声，辽远的钟鸣声，和前一夜酒醉不知如何引他睡在广野，在下午醒来时的，一切闯入他的头脑来的声音。

这个天才的游浪人是一个沉默的人，他从来不说起他自己。人们只从大众的传闻中知道他是倍尼各法尔人，在那里他有一所破屋子，因为连四个铜子的买价都没有人肯出，所以他还将那所破屋子保留着没有卖去；人们还知道他在几年中喝完了他母亲的遗产：两条驴子，一辆货车和六块地。工作？没有那回事！在有风笛的日子，他是永不会缺少面包的！他像一个王子一样地睡眠。当庆会完毕，吹过乐器又喝过一个整夜后，他便像一堆泥似的倒在酒店的角落上，或是在田野中的一堆干草上；而他那无赖的小鼓手，也喝得像他一样地醉，像一头好狗似的睡在他脚边。

二

从来没有人会知道那会合是如何发生的，但是有这回事是一定的了。一个晚上，这两颗漂泊在酒精的烟雾中的星宿，提莫尼和那醉女，发生了他们的际会。

他们的酒徒的友情临了变成了爱情，于是他们便去将他们的幸福藏到倍尼各法尔，在那老旧的破屋子里；在那里，夜间他们贴地而卧着，从屋顶上不停地摇动着的野草的大罅隙间，看着星儿狡猾地闪烁。大风雨的夜间，他们是不得不逃避了，好像在旷野上似的，他们被雨从这间房间赶到那间房间，最后在牲口房中，才找到了一个小小的角落，在那里，在尘埃和蛛网之间，发狂地开出他们的爱的春天来。

从儿时起，提莫尼只爱着酒和他的风笛；忽然到了二十八岁的时候，他失去了他的无知觉的酒徒的贞洁，在那醉女，那可怕而肮脏的，被燃烧着她的酒精所逼干又弄黑了，但是却像一条紧张着的琴弦一样地热情而颤动的丑妇人的怀中，尝着那异样的乐趣！他们从此不离开了；他们用一种淳朴的狗的无耻在大路上互相抚爱着；而且有许多次，当到开着庆会的村庄去的时候，他们逃过了田野，而且正在那紧要关头，被几个车夫所瞥见，围绕着他们狂呼大笑起来。酒和爱情养胖了提莫尼；他吃得饱饱的，穿得好好的，平静而满意地在那醉女的身旁走着。可是她呢，却渐渐地枯干下去，黑下去，只想着服侍他，到处伴着他。人们甚至看见她在迎神赛会行列的前面，在他的身旁；她不怕蜚语，她向着一切的妇人们射出那对敌的眼光。

有一天，在一个迎神赛会中，人们看见那醉女的肚子已大了起来，他们不禁绝倒了。提莫尼凯旋似的走着，昂着头，风笛临空矗起，像一个极大的鼻子一样；在他身边，那顽童打着鼓，在另一边，那个醉女满意地摊着，她的极大的肚子像第二张小鼓一样；那大肚子的重量拖慢了她的脚步，又使她踉跄着，而她的裙子也侮辱地翘起来，露出那摇动在旧鞋子中的肿胀的脚，和她那像在打着的鼓槌似的、黝黑、枯干而肮脏的腿。

这是个丑闻，一件渎神的事！……村庄里的教士谆告这音乐家：

“可是，大魔鬼，你们至少也结了婚罢，既然那女无赖固执着要跟你，甚至在迎神赛会中。有人负责供给你必要的证纸。”

他老是说着“是”，可是在他的心里，却把这些话丢开了理也不理。结婚！好个滑稽戏！让别些人去嘲笑罢！不，还是我行我素的好。

随他如何固执，人们总不将他从庆会中除了名，因为他是本地最好的风笛手，又是取价最廉的那个；可是人们却剥夺了他一切系附于他的职业上的光荣：他已不更在教区理事员的桌上进食了，人们也不更给他祝福的面包了，人们禁止这邪教的一对男女进教堂了。

三

那醉女没有做成母亲。人们须得要从她的发烧的肚中一块一块地将孩子取出来；于是那可怜的不幸人，随后便在提莫尼的惊恐的眼底死去，他看着她也没有痛苦，也没有拘挛地死去，他不知道他的伴侣是永远地去了，或者只不过是刚睡着了，正如当那空酒瓶滚在她脚边的时候一样。

这件事传了出去。倍尼各法尔的好管闲事的妇人们都群集在那所破屋子的门前，远远地看看那躺在穷人的棺材上的醉女，和那在她旁边的、蹲踞着、号哭着、像一头沉郁的牛似的垂下头儿的提莫尼。

村庄中任何人都不屑进去。人们在那有丧事的屋中，只看见六个提莫尼的朋友——衣衫褴褛的乞丐，和他一样地是酒鬼，还有那个倍尼各法尔的坟工。

他们看守着这死人过夜，轮流着每隔两点钟去敲酒店的门，装满一个极大的酒器。当太阳从屋顶上的罅隙间进来的时候，他们都在死人的周围醒了过来，大家都伸在地上，正如当他们在礼拜日的夜里，从酒店中出来，倒卧在什么草堆上的时候一样。

大家都哭着。说是那个可怜的女子在那里，在穷人的棺中，平静地，好像睡着了一般，不能起来要求她自己的一份罢！哦，生命是多么不值一文啊！这就是我们大家要达到的地步啊。他们哭得那么长久，甚至当他们伴着尸体到墓地去的时候，他们的悲哀和他们的醉意还没有消歇。

全村的人都来远远地参与这个葬仪。有些人狂笑着这幅如此滑稽的景象。提莫尼的朋友走着，把棺材掮在肩上，一耸一耸地将那丧葬的盒子粗暴地摆动着，像一只折了桅杆的老旧的船一样。提莫尼在后边走着，腋下夹着他的离不开的乐器，老是表现着一头刚在颈上狠狠地吃打了一下的垂死的牛的神色。

顽童们在棺材的周围喊着又跳着，好像这是一个节日一样；有些人笑着，断定那养孩子的故事是一个笑话，而醉女之死，也只是因为烧酒喝得太多的原因。

提莫尼的粗大的眼泪也使人发笑。啊！这神圣的流氓！他昨夜的酒意还没有消，而他的眼泪，也只是那从他眼睛里流出来的酒……

人们看见他从墓地回来（在那里，人们为了可怜他才准他葬这“女无赖”），然后伴着他的朋友们和坟工一同走进酒店去……

从此以后提莫尼不是从前的那个人了：他变得消瘦，褴褛，污秽，又渐渐地被酗酒所伤了……

永别了，那些光荣的行旅，酒店中的凯旋，空场上的良夜幽情曲，迎神赛会中的激昂的音乐！他不更愿意走出倍尼各法尔，或是在庆会中吹笛了；他的最后的鼓手也被打发走了，因为一见他就使他发怒。

他或许在他的悲郁的梦中看见那醉女的时候，他曾想过以后会有一个无赖的顽童，一个小提莫尼，打着一个小鼓，合着他的风笛的颤动的音阶吧？……现在，只有他独自了！他认识过爱情而重堕入一个更坏的境遇中，他认识过幸福而又认识了失望：两个在未认识醉女前他所不知道的东西。

在有日光照耀着的时候，他像一只猫头鹰似的躲在家里。在夜幕降临时，他像一个小窃贼一样地偷偷地走出村庄；他从一个墙缺溜到墓地去，而且当那些迟归的农夫们负着锄头回家的时候，他们听见一缕微小的音乐，温柔又缠绵，似乎从坟墓中出来的。

“提莫尼，是你吗……”

那音乐家听了那些询问着他，以消除自己的恐慌的迷信的人的呼声，便默不作声了。

然后，一等那步履走远，而夜的沉默又重来统治的时候，音乐又响了，悲哀得好像一阵惨哭，好像一个小孩子唤着他的永远不会回来的母亲的辽远的呜咽声……

失在海上

在上午两点钟，有人在敲茅舍的门。

“盎多尼奥！盎多尼奥！……”

盎多尼奥从床上跳了起来。那喊着他的是他的同伴：这是出发到海上去的时候了。

那一夜盎多尼奥睡着的时候很少。在十一点钟的时候，他还和他的可怜的妻子罗非纳滔滔不绝地谈着；她是在床中转侧不安地和他讲着他们的买卖。这买卖是不能再坏的了。怎样的一个夏天啊！去年，鲔鱼在地中海里成群地、不绝地游着，而且，就是在最不好的日子，人们也会弄死二三百阿罗拔[1]的鲔鱼；银钱流通着像一个上帝的降福一样；那些像盎多尼奥一样的好佣工们，把钱节省下来，买一只船来自己打鱼。

那小小的港口被挤满了。一群真正的船队每夜将这港口塞住，简直没有活动的余地；可是船逐渐地增加，鱼却逐渐地减少了。

渔网所扳起来的只是些海草或是些小鱼。这些到镬子里一煎就缩小的可恶的小鱼。这一年那些鲔鱼已换了一条路走，没有一个渔人能把一尾鲔鱼弄到他的船上去。

罗非纳是被这种境遇所压倒了。屋子里没有

---

① Arroba，西班牙量词。——译者注

钱；他们在面包店，在磨坊，在多马斯先生那里都欠了债。这位多马斯先生是一个歇手的老板，一个真正的犹太人，因放债而成为村庄里的国王，他不断地恐吓着他们，说假如他们不将他从前借给他们造完那只如此轻盈的船、那只费尽了他们的积蓄的好帆船的五十个度罗[①]分期还他，他是要去控诉他们了。

盎多尼奥，一边穿着衣服，一边唤醒了他的儿子，一个九岁的小水手，他伴着他的父亲去打鱼，做着那一个成年男子的工作。

“我们看我们今天可有好机会罢，”那妇人在床上低喃着，“你们可以在厨房里找到那个饭食的篮

① Douro，西班牙银币名。——译者注

子……昨天，香料贩子不肯赊账给我了……啊！主啊！这真是个狗职业！”

“闭嘴，女人；海是一个穷人，可是上帝却布施它。恰巧地，他们昨天看见过一条孤单的鲔鱼：他们估量它有三十多阿罗拔重。你想想看！假如我们捉到了它……这至少也值六十个度罗。”

在想着那个怪物，一个离开了鱼群，为习惯之力所驱使，重复回到那去年来过的水道中孤独着的时候，他穿好了他的衣服。

盎多尼哥也已起身，带着一个别个孩子还玩着而他已能赚钱了的孩子的快乐的郑重态度；他肩上负着饭食篮，一只手拿着那罗味勒[①]的小筐子，这

① Rovele，一种小鱼名。——译者注

种鱼是鲔鱼所最爱吃的，是吸引鲔鱼的最好的饵。

他们父子二人走出了小屋，沿着海滨一直到渔夫的码头。他们的同伙在船里等候着他们，又在预备着船帆。

这排小船队在黑暗中动着，翻动着森林般的桅杆。船员的黑色的半面影在它上面跑着；帆架落在甲板上的声音，辘轳和绳索的轧轧声打破了那个沉寂，船帆便在黑暗中展了开来，好像是些大的被单一样。

村庄把它的许多狭小的路一直伸长到海边，小路的两边排着许多小屋子，这就是消夏的人们所住的。码头附近有一所大建筑物，它的窗户，正如烧着火的炉灶一样，将光线抛射到那波动着的水上去。

那就是俱乐部。盎多尼奥向它投出那憎恨的目光。那些人怎样地在消磨夜间啊！无疑地，他们是在那儿赌钱……啊！而他们却应该起得那样早来赚饭吃！

“哙！扯起帆来！许多伙伴都已向前出发了！”

盎多尼奥和他的伙伴在船缆上拉着，于是那三角形的帆便慢慢地升起来了，在风中颤动着又弯曲着。

小船起初在海湾的平静的水面上软洋洋地走着；随后海水上波动起来，小船便开始摆荡了。他们已驶出了地峡，在大海中了。

对面是无涯的黑暗，在黑暗中，闪烁着几点星，在四面，在幽暗的海上，东也是船，西也是船，它们都在波浪上溜着，像幽灵一样地走远去。

伙伴凝看着天涯。

“盎多尼奥，风变了方向了。”

“我知道！”

“海上是将要起风浪的。”

“我知道，可还是前进罢！我们离开那一切驱扫着海的人们罢。”

于是那只船便不跟随着那些靠着岸走着的别的船，继续向海上前进。

阳光起来了。那个红色的，像一个做糨糊用的大圆面包一样，在大海上划着一个火的三角形，而海水似乎狂沸着，好像反照出一场大火来一样。

盎多尼奥把着舵。他的伙伴站在桅杆旁边；那个孩子是在船头上，察看着海。从船尾到船舷挂着无数细绳，细绳上系着饵，在水上曳着。不时地起了一个动摇，立刻，一条鱼起来了，一条颤动着的鱼，一条像铅一样地亮晶晶的鱼。可是这是很细小的鱼……一点也不值什么！

时间是这样过去的。船老是向前走着，有时躺在海波上，有时突然地跳了起来，露出了红色的吃水标。天气很热，盎多尼奥便从舱洞中溜到舱底里去，到桶中去喝些水。

在十点钟的时候，他们已看不见陆地了；向船尾那一方，他们只看见那些像白鱼的鳍一样的别的船的寥远的帆影了。

“盎多尼奥！”他的伙伴冷嘲地向他喊着，“我们到奥朗去吗？既然没有鱼，为什么还要再走远些呢？”

盎多尼奥把船转一个向，于是船便开始弯了过来，可是并不向陆地前进。

“现在，”他快乐地说，“我们吃一点东西罢。伙伴，把篮子拿过来。鱼是欢喜吃什么就咬什么的。”

每个人都切了一大片的面包，又拿起一根在船舷上用拳头打烂了的生胡葱。

海上起了一阵剧风，小船便在波涛上，在长而深的浪中很厉害地荡动起来。

“父亲！”盎多尼哥在船头喊着，“一条大鱼，一条极大的！……一条鲔鱼！”

胡葱和面包都滚在船尾上了，这两个人都跑过去，靠在船边上。

是的，这是一条鲔鱼，一条极大的、大腹便便的鲔鱼，差不多和水面相齐地曳着它的毛茸茸的暗黑的背脊。这或许就是那条渔夫们所不绝地谈论着的孤独者！它堂堂皇皇地浮着，又用它有力的尾轻轻地扭了一扭，它从船的这一边走到了那一边；随后忽然地不见了，又突然重新现身出来。

盎多尼奥心切得脸红了，便立刻将一根系着一个手指般粗的鱼钩的绳子抛到海上去。

水混乱着，船摆动着，好像有一个巨大的力牵引着它，在止住它的行程又试想将它颠覆了。船面动摇着，似乎要在船上人的脚下飞出去一样；桅杆受着吃满了风的帆的力，轧轧地发出声响来。可是那阻碍忽然没有了，于是那只船便一跃又向前行进了。

那根以前是坚硬而紧张的绳子，这时像一个柔软无力的身体一样地挂着。渔夫们将它拉起来，钩子便在水面上现出来了；它虽然是那样地粗，可是已经折断了。

那伙伴悲哀地摇着头。

“盎多尼奥，这畜生比我们都强。让它走了罢！它折断了那个钩子正是一件侥幸的事。再迟一点连我们都要弄到海里去了。”

“放过它吗？”老板喊着，“啊！魔鬼！你可知道这条值多少钱吗？现在不是谨慎或是害怕的时候。捉住它！捉住它！”

他便把船转了一个向，向着遇见过那个鲔鱼的地方去。

他换上了一个新的钩子，一个极大的铁钩子，在钩子上穿上了许多的罗味勒，而且还紧握住舵柄，他攫起了一根尖锐的停船竿。他将在那条又笨又有力的畜生来到他近旁的时候，请它吃一竿！……

绳子是挂在后面，差不多是直的。小船重新又被摇动着了，可是这一次是格外可怕了。那条鲔鱼已牢牢地被钩住了；它牵着那个粗钩子，又止住了那只因为它的缘故而在波浪上发狂地舞着的小船。

水似乎在沸着。在水面上升起了无数的水沫，和在浊水的激浪中的大水泡，好像在水中有些巨人在交战着一样。忽然间那只小船似乎被一只不可见的手所攫住了一样，侧了过去，于是海水便侵入了船面的一半。

这个突然的动摇翻倒了渔夫们。盎多尼奥，放松了舵柄，是几乎要被投到波浪中去了。随后，在一个破碎的音响之后，小船才复了原状。绳子是已经断了。那条鲔鱼立刻在船边发现了，用它的强有力的尾巴，翻起那极大的浪沫来。啊！这强徒！它终究靠近他了！于是盎多尼奥便狂怒地，好像是对付一个不共戴天之仇的仇人一样地，用停船竿将它连击了多次，将停船竿的铁尖一直刺到那胶粘的皮中。水都被血所染红了，那条鱼就钻到猩红的激浪里去了。

最后，盎多尼奥呼吸着。他们又让它逃走了！

他看见那船面已很湿了；他的伙伴是在桅杆边；他是紧靠在那里，脸色很惨白，可是十分地镇定。

“我以为我们要淹死了，盎多尼奥。我甚至吃了一口海水。该死的畜生！可是你已抓着它的痒处了。你将看见它立刻浮起来。”

“那小孩子呢？”

那父亲不安地，用一种忧虑的口气发出这个问题来，好像他是在怕着那回答似的。

小孩子不在船面上。盎多尼奥从舱洞中溜下

去，希望着在舱底里找到他。他没在水中一直到膝边，因为在舱底中满是海水。可是谁顾到这个呢？他摸索地寻找着，在这狭窄而暗黑的地方，可是只找到那淡水桶和更替的绳子。他像一个疯人般地回到船面上。

“那小孩子！那小孩子！……我的盎多尼哥！”

那伙伴做着一个忧愁的怪脸。他们自己可不是险些也掉下水去吗？被几下的翻动所弄昏，那孩子是无疑地像一粒子弹似的落到海里去了。可是这伙伴虽然这样想着，却总沉默着一句话也不说。

远远地，在那只船险些要沉没的地方，有一样黑色的东西浮在水面上。

“你看那个！”

那父亲跳到海中去，用力地游着，那时他的伙伴正在卷帆。

盎多尼奥老是游着，可是当他辨出那个东西只是从他的船中掉下去的桨的时候，他正差不多连气力都没有了。

当波浪将他举起来的时候，他差不多是整个身体站在海水外面，这样可以看得更远一些。到处都是无边的海水！在海上只有他自己，那只靠近过来的船，和一个刚才露出来的，可怕地在一大摊血水中拘挛着的黑色的弯曲形的东西。

那条鲔鱼已经死了……可是这和那父亲有什么关系呢？说这个畜生丧了他的独子，他的盎多尼哥的生命罢！上帝啊！他赚饭吃是用这种方式的吗？

他还游泳了不止一小时，在每个轻触中，都以为他的儿子的身体将要从他的腿下透出水来；

想着那波浪的幽暗的深凹是他的儿子的尸体，在两个波浪间浮着。

他准会留在那儿，他准会和他的儿子同死在那儿。他的伙伴是不得不将他弄起来，用力地，好像对付一个倔强的孩子似的，将他重新放在船中。

“我们怎么办呢，盎多尼奥？”

他没有回答。

“不应该这样去找他的，真傻！那是流动的东西啊。那孩子在我们父亲死过的地方，也就是我们将要死的地方死了。这不过是一个时间的事件，这是迟迟早早总要来到的！可是现在工作罢！不要忘记了我们的艰苦的生涯！”

立刻他预备了两个活结，将它们套在鲔鱼的身上，开始将它拖曳了起来。水上划着一条血线……

一阵顺风吹着船回去，可是船中已积满了水，不能好好地航行；这两个人，出众的水手，都忘记了那不幸，手中拿着勺子，弯身在舱底中，一勺勺地将海水抛出去。

这样地过了好几个钟头。这种辛苦的工作将盎多尼奥弄呆了，它不准他有思想，可是眼泪却从他眼睛中流出来。这些眼泪都混合到舱底的水里又坠落到海中，在他的儿子的坟墓上……

自从船轻松了以后，它便走得很快了。

港口已看得出了，带着它的被落日所渲染成金色的白色的小屋。

看见了陆地，盎多尼奥心中睡着的沉哀和恐怖都醒来了。

“我的女人将如何说呢？我的罗非纳将如何说

呢？”这个不幸的人哀哀地说着。

于是他便战栗起来，正如那些在家里做妻室奴隶的有毅力而大胆的男子们一样。

轻跳着的回旋舞曲的节奏溜到了海上去，好像是一个爱抚一样。那从陆地上来的微风，向小船鞠躬着，同时又带着那生动又欢乐的曲子的声音来。这就是他们在俱乐部前面散步场上奏着的音乐。在棕榈树下，那些避暑人的小遮阳伞，小的草帽，鲜明夺目的衣衫，像一株蔷薇树上的彩色的蓓蕾一样地来来往往地穿走着。

那些穿着白色和粉红色衣裳的孩子们，在他们的玩具后面跑着，或是绕起一个快乐的圆圈，像饰着灿烂色彩的轮子一样地转着。

那些有职业的人们围聚在码头上：他们不停地

看着大海的眼睛，已认出了那只小船所拖着的东西了。可是盎多尼奥却只在阻浪石那边看见一个高大、瘦长、深灰色的，站在一块岩石上，风吹着她的裙子的妇人。

那只船靠码头了。那样的喝彩声啊！大家都想仔细地看看那个怪物。那些渔夫们，从他们小船上，向他射出那艳羡的眼光来；那些裸着体，皮肤是砖头的颜色的孩子们，都跳到水里去，去摸摸那个极大的尾巴。

罗非纳从人群中开了一条路，走到她丈夫的面前，他呢，低倒了头，用一种昏呆的态度在听他的朋友们的庆祝。

“那孩子呢？那孩子到哪儿去了？”

那可怜的人的头格外低了。他将他的头陷在肩中，似乎要使它消隐了，什么也可以不听见，什么也可以不看见似的……

“可是盎多尼哥在哪里？”

罗非纳的眼睛烧着怒火，她似乎要将他一气吞下肚去似的，抓住那有力的渔夫的小衫的胸襟，粗暴地摇着他；可是不久她就放了他，突然地举起手臂，发出了一个可怕的吼声：

“啊！天主啊！……他死了！我的盎多尼哥已淹死了，他是在海里。”

“是的，女人，”那丈夫用一种好像被眼泪所窒住的迟缓而不定的声音格格不吐地说着，“我们真不幸极了。孩子已死了；他是在那他祖父去的地方，而我也有一日将去的地方。我们是靠海生活的，海也应该吞了我们。怎么办呢？”

可是他的妻子已不去听他了。她被神经的变动所摇动着，倒在地上，在灰尘中滚着，自己扯着自己的头发，抓破自己的脸。

“我的儿子！我的盎多尼哥！”

渔夫们的妇人都向她跑过来了。她们很知道这个：因为她们自己也都经过这种变动。她们将她扶起来放在她们有力的臂间，扶着她一直到她的茅屋去。

那些渔夫们请那不停地哭着的盎多尼奥喝了一杯酒。在同一个时候，他的那个为生活的强烈的自利心所驱使着的伙伴，在那些争着这条极好的鱼的鱼贩子面前，把价钱抬得很高。

那披头散发的，昏晕过去的，由朋友们扶着到茅舍去的可怜的妇人的失望的呼声，间隔地响着，一点一点地远去：

“盎多尼哥！我的孩子！”

而在那些棕榈树下，老是来往着那些穿着灿烂的衣裳的，带着幸福和微笑的神气的避暑的人们；那些没有察觉那不幸人在他们旁边经过，也不稍稍地看一眼那幅穷人的活剧的人们；而那优美的有肉感的节奏的回旋舞曲的声音，欢乐的痴情的颂歌，和谐地溜到水面上，用一种吹息，爱抚着大海的永恒的美。

蛤　蟆

我的朋友说："我在邻近伐朗斯的拿查莱特的渔村中消夏。妇女们都到镇上去卖鱼；男子们有的坐着他们的三角帆船出去，有的在海滩上扳着网。而我们这些洗海水浴的人们呢，我们白天睡觉；在晚上，我们在我们的门前，默看着海波的粼光，或是当听见蚊子嗡嗡地响着来扰我们的清闲的时候，我们便用手掌拍着。

"那医生——一个勇敢而善嘲的老人——来坐在我的棚架下，于是手边放着一个水瓮或是西瓜，我们便开始谈着他的那些海上的或是陆上的轻信的诊客。有时我们诉说起薇桑黛达的病，便笑起来了。她是拉·索倍拉纳[①]——一个女鱼贩子——的女儿。她母亲的这绰号是因为她的肥胖而高大的身材以及她用来对待市上妇人们的强迫别人而逞私意的傲慢态度而起的。这薇桑黛达是村庄中最俊俏的少女啊！一个狡猾的棕色的小姑娘，口舌伶俐，眼睛活泼；她只有魔鬼的美，可是由于她的目光的刺人的灵活，和她那用来矫作畏葸和怯弱的机巧，她迷惑了全村的少年人。她的未婚夫是迦拉复思迦，是一个勇敢的渔人，他能站在一根大木上到海里去，可是他很丑，沉默

① La Soberana，西班牙语，意为郡主。——译者注

寡言又容易拔出刀来。礼拜日他和她一同散步，当那少女，带着她的放纵而忧伤的孩子气的媚态，抬起头来对他说话的时候，迦拉复思迦用他的斜视的眼睛，向他的四周射出那似乎在挑拨起整个村庄、田野、海滩和大海，使它们来和他争他亲爱的薇桑黛达的目光。

“有一天，一个使人惊诧的消息传遍了拿查莱特。拉·索倍拉纳的女儿的肚子里有了一个动物；她的肚子胀起来了；她的脸儿消失了颜色；她的呕吐惊动了全个茅舍，使她的失望的母亲哀哭，又使那些吃惊的邻女们都跑过来。有些人对于这种病微笑着。‘把这故事去讲给迦拉复思迦听罢！……’可是那些最容易相信别人的人们，当看见那渔人——他不久之前还是一个外教人，一个骇人的渎神者——悲哀地，失望地，走进那村中的小教堂，去祷求他的爱人的痊愈的时候，他们便停止了那对于薇桑黛达的取笑和疑心了。

“这是一个使这不幸的女子苦痛着的奇怪而可怕的病：好些相信有怪事发生的乡人以为，有一只蛤蟆在她肚子里。有一天，她在附近的河流的水荡中喝了些水，于是那坏畜生便溜到她肚子里去，在那里，它便不停地肥大起来。那些害怕得发抖的邻居的妇女们，都跑到拉·索倍拉纳的茅舍中去看那少女。她们庄严地摸着那膨胀的肚子，又在那绷紧的皮肤上找着那躲着的畜生的起伏。有几个年纪最老最有经验的妇人，胜利地微笑着说她们已觉得它在动着，又争论着吃什么药才会好。她们拿几匙香蜜给少女，使香味将那动物引上来，而且当它正在尝着这有味的食品的时候，她们便将醋和胡葱汁灌进去淹它，这样它便会飞快地逃出来了。同时，她们在那少女的肚子上，贴上些神效的药物，使那蛤蟆没有一刻安适，这样它便会吓跑了。这些药物就是渗着烧酒和香膏的卷絮，蘸着柏油的麻束，城中的神医画着符，盖着所罗门的印的符纸。薇桑黛达打着厌烦的寒噤，揉曲着她的手足，她被可怕的呕吐所摇动着，好像她正要吐出她自己的心脏来一样；可是那蛤蟆却连一只脚都不屑伸出来，于是拉·索倍拉纳便向天高声地呼求着。这些药物从没有能够赶出这坏畜生过。还不如听它去，不使那少女吃苦好些，而且还要饲养着它，使它不单是靠喝着那渐渐惨白下去、瘦小下去的可怜的少女的血来养活自己。

“因为拉·索倍拉纳很穷，她的女朋友们都来帮助她。那些渔妇带着那从城里最出名的茶食店里买得的糕饼来。在海滩上，在打鱼完毕后，有人为她选择几尾可以煮成极好的汤的鱼，放在一边。邻居的妇女们在火上炖了一罐糜粥，倒在碗中，慢慢地小心地送到拉·索倍拉纳的茅舍中来。每天下午，一碗一碗的朱古力茶继续地送过来。

“薇桑黛达反对着这过度的好意。她吃不下去了！她已吃饱了！可是她的母亲还将她的生毛的鼻子凑上前去，带着一种专横的神气对她说：‘吃啊！我叫你吃啊！’薇桑黛达准要想到她自己肚子里的东西了……拉·索倍拉纳对于那个躲在她的女儿的肚子里的神秘的动物，生出一种秘密而不能形容的同情。她将它描拟出来，她看见它：这是她的骄傲！为了它，整个村庄的人才注意着她的茅舍，邻居的妇女们才不停地走过来，而且，在到处路上，妇人们才向她问讯她的女儿的消息。

“她只请了一回医生，因为他打从她门前走过，可是她却一点也不相信他。她听着那医生在隔着衣裳摸过她女儿的肚子后的解释；可是当他说要来一次格外深切一点的诊察时，那骄傲的妇人是几乎要将他丢到门外去了。不要脸！他想得到如此亲切地看这少女的快乐；她是这样地畏怯，这样地贞洁，这种办法只要一说起就够使她脸红了！

“礼拜日的下午，薇桑黛达在一群圣母玛丽亚的女孩儿的前面到教堂里去。她的凸起的肚子，受着她的伴侣们的惊奇的注视。大家都不停地向她问着她的蛤蟆，于是薇桑黛达便没有生气地回答着。现在，它不去扰她了。因为饲养得好，它已大得多了；它有几回还掀动着，可是使她受的痛苦已比从前轻得多了。她们轮流地摸着这个看不出的畜生，看它动不动；她们带着一种尊敬来看待她们的朋友。那教士，一个淳朴而慈悲的圣洁的人，惊愕地想着那上帝造了来试验他的生物的奇异的东西。

“日暮时，当合唱班用一种温柔的声音唱起对海上圣母的颂歌的时候，每个处女都想起那神秘的动物，又热心地祈求着那可怜的薇桑黛达快点从她的苦痛中解脱出来。

“迦拉复思迦也是很得人心的。妇女们喊着

他，老年的渔夫拦住了他，用一种嘶哑的声音问他。‘那可怜的女孩子！’他用一种多情的怜惜的声调喊出来。除此以外他不更说什么了；可是他的眼睛却显露出要早些担当下薇桑黛达和她的蛤蟆的责任的热望，那蛤蟆，因为是属于她的，所以他也有些爱它。

“有一天夜里，正当那医生在我门前的时候，一个妇人前来找他了，还用一种惊怕的，戏剧式的摹拟将情状描画出来。拉·索倍拉纳的女儿的病已十分危急：他准得要跑去救她了。那医生耸着肩：‘啊，是了！那蛤蟆！’然而他却绝对没有要预备动身的表示。可是一刻之后，接着另一个妇人又来了，她的举动比前一个还要急躁。那可怜的薇桑黛达！她快要死了！她的呼喊声满街上都听得到了。

那个怪物正在吞食她的肝脏……

“我为那使整个村庄骚动的好奇心所引动，便跟着医生前去。在到了拉·索倍拉纳的茅舍的时候，我们是要从那塞住了门口、挤满了屋子的内部的密厚的大群妇女们中开出一条路来。那一声声的痛苦的呼喊声，从屋子的深处，从那些好奇的或是惊恐的妇人们的头上传达出来。那拉·索倍拉纳的粗嗓音用一种恳求的语气来回答她女儿的呼喊声：‘我的女儿！啊啊，主啊，我的可怜的女儿！……’

“那些多嘴的妇人们命令式的嘈杂声音招待了医生的来临。那可怜的薇桑黛达滚着，她已担当不起这种苦痛了；她的眼睛迷惘着，她的脸儿扭转着。应该去为她施手术，赶快赶出这绿色而油滑的，正在吞噬着她的魔鬼！

“医生走上前去，毫不理睬她们的话，而且，还不等我跟上了他的时候，他的带着一种烦躁的粗暴的态度的声音，在那突然的静默中响起来了。

“‘好上帝！那唯一使这小姑娘痛苦的原因，只就是她将要……’

“还不等他说完，大家对于他的语调，他正要说的话暴躁起来了。那大群的被拉·索倍拉纳推开的妇女们，正像那在一头鲸鱼腹下的海浪一样地骚动着。她伸开她的肿胖的手，她的威吓别人的指爪，喃喃地詈着，向医生恶狠狠地看着。强盗！酒鬼！滚出去！……保留着这个不信教的人，这完全是村庄的错处！她要生生地将他吃下肚去！听她去罢！……她发狂地在她的朋友们间挣扎着，想从她们那里脱身出来，挖出那医生的眼睛。在这种复仇的呼声中，还夹着那苦痛使薇桑黛达喊出来的‘啊哟！啊哟！’的诉冤的微弱的声音。‘瞎说！瞎说！叫这坏蛋滚罢！臭嘴！完全是瞎说！’

“可是那医生，一点也不注意那母亲的威吓和女儿的渐渐地高、渐渐地刺耳的哀鸣声，他含怒地，高傲地，来来往往地讨水，讨布。忽然间，她好像有人要杀她一样地大喊起来，于是在那我所看不见的医生的周围起了一种好奇心的骚扰。‘瞎说！瞎说！这坏蛋！这说坏话的人！……’可是不久薇桑黛达的诉冤声不是孤单的了：在那似乎向天申诉的无邪的罹难者的声音上，加上了一种从第一次呼吸着空气的肺中出来的呱呱之声。

“这时拉·索倍拉纳的朋友们应得拖住她，不使她摸到她女儿的身上去了。她会弄死她！雌狗！这孩子是谁养的？……在威吓之下，那个还喊着‘瞎说！瞎说！’的病人，临了终究断断续续地承认了。‘一个她以后从没有看见过的种地园的青年人……’一个在晚间的疏忽。她已不很记得清楚了！……而且她再三地说着她的记忆不好，好像这是一个一点也无可责难的辩解。

“大家都明白了。妇人们不耐烦地要把这消息传播出去。在我们出去的时候，拉·索倍拉纳，惭愧着又流着眼泪，要想在医生面前跪下来吻他的手。‘啊啊！安东尼先生！……安东尼先生！’……她请他恕她刚才的冒犯，她想起了村庄中居民的批评就失望了。‘这些说坏话的女人，她们可不知道那等待着她们的天罚吗？……’第二天，那些歌唱着拔网的青年人，便杜撰出新的歌谣来！蛤蟆之歌！她是不能活下去了……可是她尤其害怕着迦拉复思迦，她很了解这个撒野的人。那可怜的薇桑黛达，假如一走到路上，他就会弄死她；而且她，她也会有同样的命运，因为她是她的母亲，而不当心地看管她。‘啊啊，安东尼先生！’她跪着请求他去看看迦拉复思迦。他是如此和善，如此地有见识，一定会克服他，使他发誓不来伤害她们，忘记了她们。

“那医生用他那与对付威吓时同样漠不关心的态度接受了她的恳求，干脆地回答：‘再看罢。这个事很难办！’可是一等走到路上，他却耸着他的肩说：‘我们去看看那个畜生罢！’

“我们将迦拉复思迦从酒店里拖了出来，我们三人便在黑暗中的海滩上散着步。这渔夫在我们这两个这样重要的人物之间似乎很窘。安东尼先生对他说着那自从创世起的男子的不可辩论的高尚；说着妇人为她们的轻佻而起的轻蔑。况且她们的数目又是这样多，假如有一个女子使我们憎厌，我们尽可以换一个！……最后他突然地将那所发生的事讲给他听。

“迦拉复思迦迟疑着，好像他还没有听清楚似的。他的迟钝的感觉领悟得很慢。‘凭上帝！凭上帝！’他暴怒地隔着帽子搔着自己的头皮，把手放到腰边，好像在找他的可怕的刀一样。

“医生便安慰着他。他一定会忘记了那个少女，不去逞凶。为了这个假圣女，像他这样的一个有作为的青年是不值得去坐监牢的。况且那真正的罪人是那个不相识的农夫……而且……她！她早已把这事忘记得干干净净了，这可不是一种辩解吗？

“我们一声不响地走了许多时候，迦拉复思迦继续地搔着他的头，摸着他的腰。突然地，他用他的粗大的声音使我们吓了一跳；他不用伐朗斯话，却用迦斯帝尔话对我们说着，这样可以使他所说的话格外显得郑重。

“‘你们……可肯……听……我……一句话？你们……可肯……听……我……一句话？’

“他带着一种开衅的神色看着我们，好像在他面前有一个种地园的不相识者，而他正要向他扑过去的样子。

“‘好罢！我……对……你们说，’他慢慢地说着，好像把我们认作他的仇敌似的，‘我对你们说……现在我……格外……爱……她了……’惊诧到不知所答，我们和他握手了。”

奢 侈

“她在我膝上，”我的朋友马蒂奈说，“她的丰健的身躯的温暖的重量开始使我疲乏了。”

“这种光景……在这种地方如平时一样的光景。尘翳了玻面的镜子，名字乱涂在这些镜面上，像蜘蛛的网；褪色的天鹅绒的沙发，弹簧轧轧地响得很厉害；床用舞台的褂件装饰着，清洁和公用得像一条人行路。在墙壁上，挂着斗牛的画和贱价的着色画，画着天使似的处女们正在嗅着一朵玫瑰或神思恍惚地凝视着一个勇敢的猎人。

“这种景色是罪恶的道院中的一间禅房，一间为特殊的恩主留着的雅室；而她又是个精神好，身体健的生物，她好像带了一股山间的清气到这浸透了贱价的香水、米粉和肮脏的洗涤盆中升起来的水气的紧闭的屋子里的沉浊空气中。

“当她和我说话的时候，她用稚气的喜悦抚摩着她外衣上的丝绦；这是一缕精致的缎子，莺儿般黄色的束在她身上似乎很紧的一袭衣裳，我记得那是在几个月前穿在别个女郎的精妙的娇体上的。据报告说，她已经死在病院里。

“可怜的女郎！她是很引人注意的！她的又粗又多的头发，梳成希腊式，装饰着玻璃钻；她的脸颊，从汗的露珠上光辉着，掩上了一层厚脂粉；好像要显示她的原状，她的手臂，那是坚实的，棕黑色的，可以和男性的相比的，从她的歌女衣服的广袖中逸出了。

“当她看见我用注意的目光看着她种种奢佚的服饰而跟随着她的时候，她以为我是在仰恋着她，便用一种使气的表现旋转过她的头来。

“这样一个简朴的生物啊！……她还没有熟悉这屋子里的习惯，说老实话——一切的真情——给那些要晓得她的历史的人。他们叫她为馥罗拉，但她的真名字是玛丽·贝芭。她并不是什么陆军大佐或官吏的孤女，也并不曾经营过许多恋爱和历险的繁复的故事，如她的同伴所曾做得一样在这样一种地方来证明她们的现状。那真情，常是真情，是她准要因为她的坦白而被缢死。她的双亲是在阿拉公的一个小城里地位很安适的农人，靠种地度日，在他们的小仓里有两头骡子，面包、酒和足够周年的薯。在晚上，本地的最好的人一个一个地来用接连奏着的夜情曲柔软她的心，试想载去她的黝黑的、强健的身躯和她从祖父承袭下来的四个果子园。

"'但你能期望着什么，我的亲爱的人儿？……我不能忍受那些人。他们在我看来是太粗犷了。我是生来要做一位小姐的。告诉我，为什么我不能做贵小姐？难道我没有任何小姐那样的好看相吗？'

"她将她的头依偎着我的肩，她是像温驯的情妇——一个降伏于种种薄幸以求易得漂亮衣服的奴隶。

"'那些人，'她接着说，'使我生病。我便和那学生逃走，——懂得吗？——那县长的儿子，我们浪游着直到他舍弃了我，我便住在这里，等待着有较好些的事情出来。你瞧，这是一个短短的故

事……我并不怨艾什么。我是很满足了。'

"为要表示她是何等的快活，那不快活的女郎跨坐在我的腿上，将她生硬的手指推压着我的头发，使它蓬乱着，用可怕的姿态，她用强壮的乡下人的声音，唱着一支《坦哥》。

"我承认我曾被一种冲动所包围而对她（就道德的名义）说那种当我们饱食了和欲望死灭了的时候，我们所拥有着以传布德行的伪善的愿望。

"她抬起了她的眼睛，惊怪着看我用这样庄肃的神情向她说教，像一个传道士，膝上抱着一个妓女，在赞美贞洁；她的注视继续游移着，从我的严肃的容颜到近身的那只床上。她的常识是在这种德行和片刻前的奢侈之间的不适当之间被挫折了。

"忽然她好像懂了，一阵笑涨上了她的肥颈。

“‘小鬼！……你真是多好笑！你用什么脸说这些事情！恰像我家乡城里的牧师……’

“不，贝芭，我是很正经的。我相信你是一个好女郎。你还没有懂得你从前所做的事，我现在劝告你。你已经堕落得很低，很低。你已经在底里了。即使已经在罪恶的历程里，大多数妇人都反抗着，否认着在这屋子里你所需求的爱抚。但还有你救济你自己的时候。你的双亲足够维持你生活下去，你不必在贫困的需要之下到这里来。回到你的家里去，过去的事情便会被遗忘了。你不妨撒一个谎，捏造一种故事以证实你的逃亡，谁会知道？……那些常为你奏夜曲的人们中的一个便会娶了你，你便将有了儿子，你便将成为一个受尊敬的妇人。

“那女郎神色转为严肃了，当她瞧着我很热心地说着的时候。她渐渐地从我的膝上滑下去直到站立在地上，注视着我，好像她看见奇怪的人物在她身前，于是一堵不可见的墙壁在两人之间升了起来。

“‘回到我家里去！’她用粗涩的重音喊着，‘多谢。我很懂得这是什么意义。天色没有亮就起身，做着苦工像一个奴隶，走出到田里去，鸡眼儿毁了你的手掌。瞧，我手上还现着那些。’

“于是她让我抚摸那些结起在她强壮的手掌里的硬块。

“‘这种种，要交易些什么？为了要受尊敬吗？……一点尊敬也没有！我不是那种疯子。拿这许多换尊敬！’

“她用了几种从她的同伴处学来的丑恶的动作伴合着这些话。

“随后，哼着一支小曲，她走过去临镜检察她自己，微笑地庆贺着她遮着假珠子的，着粉的头发的耀光，那是从那破镜子里照映出来的。她噘缩着嘴唇，抹着胭脂像一个做马戏的。

“我的德行的任务愈趋愈坚定，我继续从我的椅子里向她说教，把这伪善的宣传包卷在繁喋的话里。她是选择了坏的了，她应当想到将来。现在并不算得坏。她是什么？够不到一个奴隶；一片儿装饰品；他们利用了她，他们采夺了她，而随后……随后便会更坏了；医院，招嫌的病症……

“但她的生涩的笑又打断了我的话。

“‘算了，孩子。不要恼我。’

“于是她便直立在我面前，她将我裹卷在一种无限的同情的凝视里。

“‘怎么，我亲爱的人，你多么傻！你难道以为我在尝过了这种生活之后，会回去过那狗子的生活吗？……不啊，先生！我是为奢侈而生的。’

“于是，用了虔诚的赞仰态度将她的目光游移过那些破椅子、残毁的沙发和那成为公众的通衢的床，她便来来往往地走动着，在她的裙子拖过房间的时候作着綷縩声，抚惜着那似乎还保留着别个女郎体温的外衫的褶襞。”

落海人

在夜降下来的时候，那只沉重的“桑·拉发艾尔”船装着一船的盐，走出了多莱维艾牙到吉勃拉尔达去。

舱底里货物已装得满满的了。在舱面上像山一样高的袋子积在那大桅杆边。要从船头走到船尾，船夫们必须沿着船边走去，很困难地保持着身体的平衡。

夜是美丽的，一个春夜，带着点点的繁星。那清凉又很有点不规则的海风，有时吹满了三角形大帆，使桅杆呻吟起来，有时突然地平息了，于是那大帆像昏晕了一样地落下，发着一种拍翅的高响声。

船上的人——五个男子和一个孩子——在做了开出港口的工作以后吃着夜饭。他们吃光了那个热腾腾的锅子，在这锅子里，从老班到学习船夫，用一种船夫们惯有的友爱态度，轮流着把面包浸进去。那些没有职司的人们，随后向舱洞中隐了下去，肚子里满装着酒和西瓜汁，去到那坚硬的褥子上休息。

启思巴思老丈[①]是在船舵边，他是脱齿的老鲨鱼，他叽里咕噜地不耐烦地在接受老班的指教。在他旁边站着裘阿尼罗，那受老人的保护的人，是一

① Chispas，西班牙语，意为火花。——译者注

个新进的船夫，在“桑·拉发艾尔”船上航行还是第一次，对于那老人怀着很深的感激心，因为全靠那老人他才能到船上来，平息了那个不很小的饥饿！

在裘阿尼罗眼中看来，这只可怜的船竟有海军司令舰有力地航着的极美的船的神气。这一晚的晚饭是他平生第一顿认真的晚饭。

他饿着，像野蛮人一样地裸着，睡在他那因筋骨痛而不能动的祖母所呻吟着祷告着的破屋子里，这样地一直活到十九岁。在白天，他帮助别人开出船去，他帮人把鱼从筐子里卸出来，或是搭在那些去打鲔鱼和沙丁鱼的别人的船里，希望带一些小鱼回家。现在全靠那启思巴思老丈，他变成一个真正的船夫了，因为启思巴思和他的亡父认识，很为他出力。他穿着那双他惊赏地看着的大鞋子，这还是第一次。可是人们说那个海是……勇敢罢！船夫这行业是一切行业中最好的一个！

望着船头，把着舵，弯身察看着在船帆和大堆的袋子间的黑暗，启思巴思老丈带着诙谐、微笑的神情听着他。

“是的，你选择得不坏……然而这行业也有它的危险……当你有像我这样的年纪的时候……你就会看到了……可是你的位置不在这里啊！站到前面去，还要先通知我，你看见有什么船在我们前面没有。”

裘阿尼罗带着一种海滩上的顽童的坚决的态度，沿着船边跑过去。

“当心！我的孩子！当心！”

他已经在船头上了。他坐在副帆的帆杆旁边，在察看那乌黑的大海面，在大海的深处，闪耀着的繁星像光蛇一样地反照出来。

那只沉重而满载的船，在每一个波浪后都庄严地陷下去，而那一点点的水一直飞溅到裘阿尼罗的脸上。两条发粼光的浪花在沉重的船头的两边溜过去，那吃满了风的帆梢消失在黑暗中……

没有更美丽的生涯了，裘阿尼罗想着。

“启思巴思老丈！……拿支烟卷儿给我。”他忽然这样喊着。

“来找罢。”

他沿着和海风相逆的一边的船边跑过来。这正是风平浪静的时候，而那张帆，起着波纹，正要沿着桅杆落下来……可是忽然经过了一阵意外的暴风：船突然侧转了。裘阿尼罗为要保持着身体的平衡，贴向帆边去，这张帆，在同时，忽然膨大得要爆裂了，把船飞快地射出去，而且用一种不可抵抗的大力，像弩一样地把他远推出去。在他身下分开来的水的响声中，裘阿尼罗似乎听见那含糊的声音，或许是那年老的把舵人的声音在喊着：

“一个人落到海里去了！”

他沉下去长久……长久！被水浪的打击和突然的坠下所弄昏了。在认清一切之前，他浮到水面上，又发狂地呼吸着冷风……而那只船呢？……他已不复看见了。海是很幽暗，哦！比从船上看起来还要幽暗得多！

他相信看出了一点白点，一个浮在远处的幽灵。他向它游过去，随后看不见它了，随后又在别处看见它了，在相对的那方，最后，他迷失了方向，用力地划着，自己也不知道向哪儿去。

他的鞋子有铅一样的重。该诅咒的鞋子！他还是第一次穿它们啊！他的帽子伤了他的鬓角；他的裤子将他拖下去，好像要一直伸长到海底去扫除那些海藻一样。

“镇定啊，裘阿尼罗，镇定啊！”

他是有自信力的。他很会游水，而且能继续维持两小时。无疑地，他们会来将他捞起来的。在水里浸一会儿！一个人会这样死吗？不要说在一场暴风雨中，像他的父亲和他的祖父的那种情形罢；可是在这样美丽的夜里，在这样平静的海中，被帆所推出去而死，这真是死得太傻了！

“哙，船上的同伴们！……启思巴思老丈……老班！”

可是他喊乏了。两三次地，浪花将他的嘴掩

住。诅咒！……在帆船上看，浪花似乎没有什么了不起；可是在大海中，海水一直没到项颈，他不得不继续地摆动着手臂以维持在水面上，这些浪花使他窒息，用它们的猛烈的波打着他，而在他面前，他挖着深渊，海水又立刻合起来，似乎要将他吞了去。

他还怀着希望，可是带着一些忧虑了。是的，他会继续游两小时，比他曾经在海边游泳的时间还要长，而且不感到疲倦。不过那是在太阳之下，在一片像水晶一样的海上，那时他在他的身体下面在仙境似的澄清中可以看见黄色的岩石，生着大海藻，好像绿色的珊瑚枝一样，岩石上的粉红色的贝，螺钿的星，那被银腹的鱼所采撷而颤动着的生着肉色花瓣的光耀的花……可是现在，他是在一个墨水似的海上，消失在黑暗之中，被他的衣服的重量所压迫着，在他的脚下又有许多无穷尽的破舟的残物，和被贪食的鱼所啄碎的溺死者……时常地，有什么东西一碰着他的裤子他就战栗起来，以为已被尖利的牙齿所咬了一口了。

他疲倦又衰颓，仰浮着让波浪载着他。晚饭反吐出来到他唇边。这该诅咒的晚饭！要这样大的代价才换得！……他弄到后来要不省人事地死在那里。本能的冲动使他旋转着。或许人们在找他，假如他不动地仰浮着，人们就会看不见他而过去了。他又开始游泳了，带着一种失望的狂激的毅力。他在波浪的顶上站起身来以便看得远些，突然地一会儿到这边，一会儿到那边，而且不竭地在同一个圈子里动着……

现在他慢慢地沉下了，觉得在他的口中有一种咸的苦味，他的眼睛看不见东西了，波浪在他的剃光的头上合起来。可是在两个浪中产生了一个轻的激浪，一双痉挛的手露出来了，他又现身在水面上了……

他的臂膊麻木了。他的头因为困倦而变得沉重，垂在胸口。他似乎觉得天已经变了：星是红色的，像迸射出来的血一样，海已不更使他恐怖了。他渴望让它摇摆着，他渴望着休息……

他想起了他的祖母，她这时无疑是在想着他。他想象那他所听见过一百次的那可怜的老妇人的祷告。“我们的天父……”他心里在祈祷着，可是还不待说出这话来，他的舌头动了，他用一种似乎不像是他的嘶哑声说：“流氓，强盗！他们丢了我！”

他重新陷下去了，他消隐了，用力也不中

用……他降下到黑暗中，像一块没有生气的东西一样。可是不知怎的，他又现到水面上。

现在他觉得那些星是黑色的了，比天还要黑，像一点点的墨水一样。

这一次是最后了……他的身体是铅制的了。他被他的新鞋子的重量牵着，笔直地沉下去；而且当他沉没到那横陈着沉船的残片，被吞的尸身的白骨的深渊里去的时候，他的神经已渐渐为浓雾所包住了，他不停地说着：

"我们的天父……我们的天父……强盗！猪猡！他们把我丢掉了！"

女　囚

拉斐尔在那狭窄监牢中已有十四个月了。

他的宇宙是那四堵白得像骨骼一样的墙壁——这些悲哀的墙，上面的裂缝和壁虎他都记熟了。他的阳光，那属于他的，就是那高高的小窗，而窗上的铁栅又切断了天。他的牢房有八尺长，他占据的地方还不到一半，都为了这可诅咒的，老是啮着人的铁链；它的铁环子一直嵌到他的脚骨中，而且几乎和他的肉结合了。

他已被判决死刑了。当在马德里他们最后一次翻着他的公案的时候，他在那里活丧似的过了几个月，不耐烦地在等着那绞架一下子将他从苦痛中解放出来的时刻。

那尤其使他战栗的，是那每天扫除着的——无疑是要使那渗过地上的芦席的潮湿一直透到骨髓中——地面的清洁，那些他们不肯留一点灰尘的墙壁……他们甚至把囚犯的肮脏的伴侣都夺去了。他简直是孤寂极了……假如能有些老鼠走进那里去，他准会有和它们分食他那极少的粮食而得到的安慰，对它们讲着话，像对那些善良的伙伴一样；假如他能在屋角遇见一只蜘蛛，他准会欢乐地和它打得火热。

他们不愿意在这个坟墓中除他之外有第二个生物。有一天，一只瓦雀在铁栅前出现了，它带着一种好弄的顽童的神色。这光亮和天空的游浪者在啁啾着，好像看见了在它下面的，那个微黄色的、憔悴的、在大夏天寒战着的、有一大堆胡子结到鬓上、有一片破碎的大衣卷在腰边的可怜的生物，表现出一种惊诧来。这个有棱角的、惨白的、白得像嚼过的纸一样的脸，使它吃了一惊，它便摇动着它的羽毛飞去了，好像在逃避着那从铁栅中透出来的坟墓和烂羊毛的臭味一样。

那唯一的把生命重新唤起的声音，就是那些当别的犯人们在院子里散步的时候所发出来的声音。那些人，他们至少能看见那在他们头顶上的自由的天空。他们不是从一个小墙洞上呼吸空气的；他们的腿是自由的，他们还可以随便谈话。就是在牢狱中，不幸也有等级的。人类的永恒的不满足是被拉斐尔看破了。他羡慕着那些在院子里往来着的人们，他以为他们的地位是最可羡慕的；而那些人呢，他们羡慕着那些在外边的，享受着自由的人们；而那些过路人呢，也许会对于自己的命运觉得不满足，又奢望着，谁知道奢望着什么呢？……那么自由竟有这样的好啊！……他们正在求做囚犯呢。

拉斐尔真不幸极了。在一个希望的兴奋中，他曾经试想过掘地道脱逃，而现在监视紧压着他，继续地，又是沉重地。他曾经想用一种单调的声音，来唱着那从母亲那儿学来而只记得几句的颂歌。他们使他闭了口。他想做个疯子吗？哙，不准想！他们要将他看守得完全无疵，肉体上和灵魂上都圣洁，使那刽子手不至于会来收拾一个有病的人。

疯子！他不愿意做疯子！可是那幽闭，那寂定，那又不够又很坏的食粮战胜了他。在夜间，当他被那十四个月以来他还不能受惯的有规则的光线所惹厌了，合上了眼睛的时候，他便有了些幻觉；一种狂妄的思想时常使他受苦：他以为他的仇敌们，那些要弄死他的不相识的人们，已将他的胃弄坏；这种使他痛苦的阵阵的剧痛便是因此而起的。

白天里，他不停地想着他的过去，可是他的记忆是很烦乱，烦乱得使他以为在想一个别人的历史。

他想起在因为开枪伤人初次入狱后，他回到那小村庄的故乡，他在那儿的名声，市集酒家中对他一举一动都十分赞赏的许多主顾：多么粗野，这个拉斐尔！村庄上最美丽的姑娘打算做他的妻子了，因为她怕他还甚于爱他；市政议事员谄媚他，叫他做乡村监卫，又鼓起他的粗野，使他手中拿着枪在选举中为他们卖力。他毫无阻碍地统治着这全村；

可是，那后来那些人倦了，拉住了一个好说大话的人，这人也是从牢狱中回来的，他们将他安插在拉斐尔对面。

天呀！职务的尊严竟拿来当玩意儿了；这个夺他的面包的人准得挨打了。他等候着，他用枪子重伤了他，又用枪柄将他打死，免得他叫喊和颤动。后来……这些事情被别人知道了！……结果：牢狱，在那里他又遇见他的旧伴侣，随后是审问。从前那些怕他的人们，都来告发他以报复从前所受的惊吓之仇。最后那可怕的判决文到了，接着是过这可诅咒的十四个月监禁，老等着那从马德里来的“死”，可是无疑这“死”是坐着马车来的，它是如此的迟缓！

拉斐尔并不是没有勇气。他想起了约翰·保尔德拉，想起了法朗西思哥·艾思带彭，那“勇敢的人”，想起那些英武的勇士，他们的崇高的事迹被人们所歌咏；他们曾经时常使他兴奋；他自己觉得也够得到像他们一样地从容就死。

可是在有几天夜里，他好像是被一种隐藏着的弹力所牵动似的惊醒了，他的铁链便发出一种凄哀的叮当声来。他像孩子一样地呼喊着，随后立刻懊悔自己的懦怯，徒然地遏止住他的呻吟。在他身上呼喊着的是“另外一个人”，一个害怕又伴哭着的不相识者。他只在喝了六杯辛烈的稻子豆和无花果汁——这些在牢狱中人们称之为咖啡——之后才平静下去。

从前的那个希望死，等候着快些完结此生的拉斐尔，现在只剩了一个外表了。那在这坟墓中长成的新的拉斐尔，恐惧地想着十四个月已将过完，死是一定走近了。他准会安心地忍耐着再过十四个月这种可怜的生活。

他害怕着，他觉得那致命的时刻是近了。他到处看见它：在那些出现在牢门边的好奇的脸上，在神父的来临上——他是每天下午来探望他的，好像这发臭气的牢房是一个谈话和吸烟的最好的地方。不好的，不好的预兆啊！

探访者的问题是最使人不安的了。拉斐尔可是一个好基督教徒吗？“是的，我的神父。”他尊敬那些教士，而且他从来没有缺少过对他们应有的供奉。人们对于他的家族也无可议论；他的家人都到山上去为正式的国王出力去了，因为那村庄上的教士曾这样地吩咐过。而且为要证实他的虔信，他从他的遮住胸膛的破衣中，拉出一片污秽的教会的肩挂和一些徽章来。

随后那神父和他说着耶稣，那上帝的儿子，他是曾经处过和他一样的地位的。这个比拟振奋起了这可怜的魔鬼。多么光荣啊！……可是，虽然受着这命运相似的话的阿谀，但是他总希望这命运完全实现得越慢越好。

那可怕的，像霹雳一样地打出来消息的日子来到了。在马德里一切都结束了。“死”到了，可是这一次是迅速地由电报传达过来的。

当一个佣人对他说，他的妻子带着一个在他下狱期中生产的女孩，在监狱周围徘徊着，请求和他见面的时候，他已很明白了。她既然离开了村庄，“这件事”一定就在目前了。

有人叫他去请求大赦，他便发狂地执着这个一切不幸中的最后的希望。别人可不是已成功了吗？为什么他不可以呢？在那马德里的善良的妇人①，救他一条命是不算一回事的！这不过是签一个字的玩意儿罢了。

而且向着一切的为了好奇或是为了责任而来的送丧的访问者：律师，教士，新闻记者，他战栗着用一种恳求的声音询问着，好像他们能救他似的：

“你以为怎样？她会签字吗？”

第二天他们会牵着他，无疑地，到他的村庄去，被看守着又绑缚着，好像一头牵到屠宰场里去

① 指Maria Cristina，当伊巴涅思作此小说时，西班牙是在她摄政下。——译者注

的野兽一样。刽子手已在那里了，带着他的家伙。他的妻子，在等待着他出来的时候和他相见，在监牢的门口过了好几个钟头。她是一个强壮的棕色的女子，嘴唇很大，眉毛是连着的，而且当她摇动着她的蓬大而堆叠的裙子的时候，便有一种牲口房的辛烈的气味发出来。

她在那里好像是十分惊吓。在她的惊呆的目光中，人们可以看出悲哀的成分；一看那紧贴着她宽大的胸膛的婴孩，她便要哭了。

“主啊，多么大的一家的耻辱啊！她很知道这个人要如此受伤的！这小孩子不生下来多么好啊！”

那神父试想安慰她。要她忍耐着吗？一朝做了寡妇之后，她还能够遇着一个能使她更幸福些的男子。这种思想似乎使她重新有了生气；甚至有一个少年来和她讲初恋了，这人从前是被拉斐尔吓跑的，而现在却来亲近她，在村庄中和田野中，好像有什么话要对她说似的。

“不！男子倒并不缺少。”她平静地说，试想着微笑了。

“可是我是个虔诚的基督教徒，而且，假如我要和另外一个人结婚，我是要在教堂里举行婚礼的。”

在注意着教士和狱卒们的惊诧的目光的时候，她又恢复到现实的悲哀了，于是她的被迫的眼泪便渐渐地流下来了。

在日暮时消息到了。赦免状已签了字。拉斐尔似乎看见的，那住在马德里一切豪丽之间的贵妇人，好像是一位在神龛上的圣母，被电报和恳求说软了心，赦免了这囚犯的一死。

这赦免的新闻在狱中一切的囚犯间都传遍了，好像有人已为每个囚犯都签了赦免状似的。

“快乐些罢，”那教士向那被赦免的罪人的妻子说，“他们不会把你的丈夫处死了，你不会做寡妇了。”

这少妇静默着一动也不动。在她的脑中，无数的思想似乎在慢慢地生出来，她不得不排解了它们。

“好！”最后她很安静地说，“那么他什么时候出狱呢？”

“出狱？……你疯了吗？再也不会。他不死已算是运气了。他将到非洲监禁处去，而且，因为他还年轻力壮，他还很可以再活二十年。”

这还是第一次，这妇人尽情地哭了，可是她是为失望、为愤怒而哭着，悲哀的成分呢，却一些也没有。

"唅，女人，"教士发怒着说，"这简直是不量力。我们已救了他的命，你懂得吗？他已不被判处死刑了……你还要怨着吗？"

那妇人不哭了。她的眼睛怀怨地照耀着。

"好！让他们不将他处死……我很快乐。他已有命了，可是我呢？"

在一个长时期的沉默后，她带着那摇动着她棕褐色的肉的呜咽，加一句说：

"那么，我，我是女囚了！"

疯　狂

从村落的各方面，那些居民都跑到巴思古阿尔·加尔代拉的茅屋来了，他们带着一种感动和害怕的复杂心情走进那茅屋的门。

“那孩子怎样了？好点了吗？……”那个被自己的妻子、妻妹们、远亲们（他们都是被那个不幸所聚集来的）所包围着的巴思古阿尔带着忧郁的满意，接受着那些邻人们的对于他儿子的健康的同情的话。——是的，他就要好些了！两天以来，他已不为这使全家闹得昏天黑地的可怕“东西”所折磨了。而那些沉默寡言的农夫们——小加尔代拉的朋友们，正如那些被感情所激出喊声来的，多言的妇人一样，把鼻子贴着卧房的门，小心翼翼地问：“你怎样了？”

那加尔代拉的独子是在那儿，有时躺着，有时坐着，手托着腮，眼睛呆望着房间中最暗的那个角落。那父亲呢，当他独自的时候，便皱起了粗大的白眉毛，在那荫蔽着他的门的葡萄棚下踱着，或者，被习惯所牵引，会向邻近的田看一眼，可是他却绝对没有弯下身去拔了那已在田亩间长出来的恶草的心情。这片被精力劳汗所灌丰的地，现在和他有什么关系呢？……他只有这一个晚年所得的儿子，这是一个勤力的孩子，和他一样地勤勉又不多说话。他是一个不用命令和威吓而尽自己的职务的农兵，而当要灌溉，要在星光之下给田喝水的时候，他从不会忘记在半夜里醒来的。在清晨一听见鸡啼，他是会立刻从他搭在厨房凳子上的孩童的可爱的床上跳下来，丢开被和羊皮，去穿他的草鞋的。

那巴思古阿尔老丈从来没有对他微笑过。那是父亲，是拉丁式的父亲，家中的可怕的主人，他在工作回来之后独自进食，由妻子带着一种屈服的态度站立着侍候。

可是在这无上的家主的沉重的面具之下，却藏着一个对于这儿子——他最好的作品的无限宠爱。他驾塌车是多么敏捷啊！他运动着锄头是多么出力啊！谁能像他一样地骑驴子，而且带着那样的风度跳上驴背，只用草鞋的尖儿贴着那畜生的后腿呢？……而且这劳动者既不是喝酒的人又不是欢喜和别人噪嘴的人。当征兵抽签的时候，他有好运气抽出一个好数目来；而在圣约翰节，他又将要和一个邻近的分租地的少女结婚，她是不会不带几块地嫁到她的公婆的茅屋里来的。那巴思古阿尔老丈所梦想着的是一个快乐的将来，那幸福、那家族的传统的诚实而平稳的继续。当他年老的时候，另一个加尔代拉会耕作着那片祖先所垦肥了的地，那时有一大群逐年增加的小孩子，那些小“加尔代拉”们，会在驾着车的马的周围玩耍，会带着几分的害怕看着那言语简单、老眼昏花、曝着太阳坐在茅屋的门前的祖父！

主啊！世人的幻想该如何消灭啊！……星期六那一天，小巴思古阿尔在半夜里从他的未婚妻家里回来，在田野的小路上，一条狗咬了他。一头坏畜生，它一声不响地从芦苇丛里蹿了出来，而且，正当那少年俯身下去拾石子掷它的时候，它已在他的肩上深深地咬了一口了。他的母亲，她是每夜当他去望未婚妻的时候，总要等着他给他开门的，那夜一看见他肩上的半个乌青圈子和红的牙齿印，便惊喊起来了，她急忙跑到茅屋里去，忙着预备汤药和敷药。

那孩子笑着这可怜的妇人的惊恐。“不要响，妈妈，不要响！”他被狗所咬这不是第一次。他还留着许多狗牙齿印，那是他在儿时到村落里去的时候向茅屋的狗抛石子的结果。那老加尔代拉在床上毫不要紧地说，第二天，他的儿子可以到兽医生那儿去，兽医生会用热铁在他的伤处炙一炙，那就什么事也没有了。这就是他的命令，是没有商量的余地的。

那少年人镇定地受那个侨寓在伐朗斯的村落的回族的遗民的手术。一共是四天的休息。就是在这四天休息中，这个劳动者还要冒着新创，想用他受着痛苦的手臂帮助他的父亲。礼拜六，当他在日落后到他未婚妻的田庄里去的时候，人们老是问着他的健康上的消息："哙！那个伤处现在怎样了？"他在他未婚妻的含着问话的眼光下快乐地耸着肩膀，于是这两口子弄到后来便在厨房的尽头坐了下来。他们在那儿互相含情脉脉地看着，或是谈着买铺陈和婚床，不敢互相靠近去，坚定而严肃，正如他的未婚妻的父亲笑着所说的一样，他们在两人之间让出了一个"操镰刀"的地位。

一个多月已经过去了。只有那个母亲没有忘记那回意外事。她念愁地看着她的儿子："啊啊！圣母啊！村落似乎已被上帝和他的圣母所遗弃了！在当伯拉特的茅屋里，有一个孩子被一条疯狗咬了一口，现在在受着地狱般的痛苦。”村庄里的人们带着恐怖去看那可怜的孩子。这是一个不幸的母亲所不敢去看的景象，因为她想着她自己的儿子：“啊！假如这个小巴思古阿尔，这像一个堡垒一样强大的小巴思古阿尔，有了和那个不幸人同样的命运……”

一天早上，巴思古阿尔不能从那他睡着的厨房的长凳上起身了：他的母亲扶他上了那张占据卧房一部分的婚床上，那间卧房是茅屋的最好的房间。他发了热，在被狗咬过的地方感到非常痛苦，一层密密的寒战流过他的全身，他牙齿打着牙齿，而他的眼睛又为一重微黄的翳遮暗了。于是，本地最老的医生，霍赛先生，骑着他的颠踱的老驴子，带着他的百病万灵药和他的渗过脏水的捆伤处的纱带来了。一看见那个病人，他就扮了一个鬼脸儿。这病是厉害的，非常厉害的！这是一个只有那些在伐朗斯的名医所能治的病，而他们是比他晓得的多呢。

加尔代拉驾起了他的马车，把小巴思古阿尔送上马车去。那个已过了危险期的孩子，现在微笑着，说只感到一点小痛了。回到家里的时候，那父亲似乎是格外安心了。一个伐朗斯的医生已为小巴里古阿尔开了一刀。他是一个很正直的人，他只用好言劝慰病人，他孜孜不倦地仔细诊看着病人。

一礼拜之内，这两个人每天都到伐朗斯去。可是有一天早上，小巴思古阿尔不能动了。那危险期重复回来了，比前一次更凶，使那可怜的母亲不住地惊呼。他的牙齿轧轧地作着声，又呼喊着，在嘴角喷出泡沫来，他的眼睛似乎膨胀起来了，发黄而凸出，像极大的葡萄一样。他的筋肉抽动着，站起身来，而他的母亲攀在他的颈上，惊呼着；而那加尔代拉呢，这沉默而镇定的力士，用一种大力抱住小巴思古阿尔的手臂，又用一种镇定的力强使他躺下来归于安静。

“我的儿子！我的儿子！”那母亲哭着。啊啊！她的儿子，她几乎认不出他是她的儿子了，他似乎是另外一个人了，好像从前的他现在这剩了一个躯壳，而一个恶魔已钻到他身上去，在使从这母亲的腹中出来的一块肉受苦，又在这不幸人的眼睛里燃起了凶光。

随后他平静了，疲惫来了。一切邻近的妇人，都聚集在厨房里，谈论着那个病人的命运，又诅咒着那个城里的医生和他的奸恶的开刀。那使他陷于这种状态中的正就是他，在未经他诊治以前，那孩子已好得多了。啊！这个强徒！而政府倒不惩罚这种丑类！不，除了旧药之外没有别的药，那是经过几代的经验而得来的良药，前代的人是生在我们之前，当然比我们知道得多些。

一个邻人去请一个年老的蛊妇，她善治蛇和狗的咬伤和被蝎子所噬伤的病。一个邻妇去拉了一个差不多眼瞎的老牧羊人来，他是能一点不用旁的东西，只用他的涎沫在病人身体上画一个十字架就会把病医好的。

草药和涎沫的十字架给予人们一个立刻痊愈的希望，可是忽然人们看见那个几小时不动又不作声的病人，向那地下呆看着，好像他在自己身上感到了一个不知什么的蹊跷东西，用一种渐渐大起来的力慢慢地占住他全体。不久一个新的病势的变化便把疑虑投到那些在争论新的药方的妇人们的心上去了。

那个未婚妻，带着她的棕色的处女的泪汪汪的大眼睛来了；而且，胆小地走到病人身边去，第一次她敢握住他的手，这种大胆使她的肉桂色的脸儿羞红了。“你怎样啊！……”而他呢，从前是那样多情的他呢，挣脱了这种温柔的紧握，转过眼睛去，这样可以不看见他的情人。他找着躲藏的地方，好像自己在这种状态中是很可羞的。

于是那个母亲哭了。天上的王后啊！他的病是很沉重了，他要死了！……假如人们照那些有经验的人所说的一样，能够知道咬他的那条狗，割下那条狗的舌头来制药，那是多少好啊！……

在村落上，上帝的震怒好像是鼓动了那些咬过别人的狗！而且人们也不知道在那些狗之间，哪几条狗是有毒病的。人们以为它们全是疯狗！那些关在茅屋里面的孩子们，从那半开的门里带着恐怖的眼光望着广大的平原；那些妇人们成着大群，战战兢兢地到弯曲的小路里去，一听见芦苇丛后有犬吠声就加紧脚步。

男子们都疑心着自己的狗，假如他们看见自己的狗流着涎，喘息着而露着悲哀的样子；而那猎兔犬——打猎的伴侣，那守门的小犬，那系在马车边当主人不在的时候看守马车的可怕的大狗，都受人注意着，或是在厨房天井的墙后干脆地被打死了。

“在那边！在那边！”人们从这一间茅屋到那一间茅屋这样地喊着，以通知那一群吠着、饿着、毛上染满了污泥、被人日夜不停地追赶着的、在眼睛里含着那受人捕捉的畜生的凶光的狗的去路。在村落里似乎有一阵寒战经过，茅屋的门闭上了，人们竖起了枪。

枪声从芦苇丛里，从田间的深草里，从茅屋的窗户里发出来，且当那些流浪者（指狗）飞奔着到海边去的时候，那些埋伏在狭窄的沙带上的税警便向它们瞄准了，众枪齐发：那些狗转身过去，而当它们在那些手里拿着枪逐它们的人们旁边走过的时候，便在河道边遗留下无数的尸身。在晚上，那辽远的枪声统治着那幽黑的平原。一切在暗黑里活动着的人形都发着子弹，在茅舍的四周，火枪用震耳的吼声回答着。

人们怕着他们互相的恐怖，都互相避着。

天一黑，村庄里便没有光亮，在小路上没有了活着的生物，好像“死”已占据了这黑暗的平原一样。一点小小的红点子，好像一颗光的眼泪一样，在这重黑暗的中央战栗着：这是从加尔代拉的茅屋里发出来的，在那儿，那些围着灯坐着的妇人们都在叹息着，带着恐怖，等待着那个病人的刺耳的喊声，他的牙齿的相击声，他的在抑制他的手臂之下揉曲着的筋肉的声音。

那个母亲攀着这使人害怕的疯人的项颈。这带着这双可怕的眼睛、这种青灰的脸色、这种像受宰的牲口一样的拘挛，这种舌头露在涎沫外面像渴得非常厉害似的喘息着的人已不是“她的儿子”了。

他用那绝望的吼声在呼唤着死神，把头碰着墙壁，又想咬着什么。可不要紧，他依然是她的儿子，而且她并不怀疑，正如别人一样。那可怕的嘴在浴着泪水的憔悴的脸儿边停住了："妈妈！妈妈！"他在他的短短的清醒的时间里认出她了。她不应该怕他的：她呢，他是从来不会咬她的！当他要找些东西来满足他的狂性的时候，他便把牙齿陷在自己的臂膊的肉里，拼命地咬着，一直到流出血来。

"我的儿子！我的儿子！"那个母亲悲鸣着。

于是她拭去了那在他拘挛着的嘴上的致命的涎沫，然后把手帕放到自己眼睛边去，一点儿也不怕传染。那严厉的加尔代拉也绝对不介意那病人向他注视着威吓而狂野的眼光。小巴思古阿尔已不尊敬自己的父亲了，可是那个不倦的加尔代拉却冒犯着他的儿子的狂性，当他的儿子想脱身去，好像要把那使他受苦的可怕的苦痛分传到别人那儿去的时候，那父亲把他紧紧地抱住了。

在这长长的病势的变化之间，已没有间断的平静的时候了：这差不多是继续着的。这个为自已咬伤的，体无完肤的，流着血的疯人，躁动着，脸儿是发黑的，眼睛是闪动而黄色的，正如一头已绝对没有人性的怪兽一样。那老医生也不问他的消息了。有什么用呢？已经完了……妇人们没有希望地哭泣着。一定是要死了，她们只是伤恸着，为了那还等待着小巴思古阿尔残酷的牺牲的长长的时间——或许还要好几天。

在亲戚和朋友之间，加尔代拉找不到一个能帮助他来把持他的儿子的大胆的人。大家都怀着恐怖望着那扇卧房的门，好像在门后面藏着一个极大的危险一样。在小路上和在河道边冒着枪弹的险，这是和那些人相称的。一刀可以还一刀，一枪可以还一枪。可是，啊！这张吐着涎沫的嘴，它是会咬死人的！哦！这种无药可救的病，得了这个病，人们在一个不绝的深痛中受着苦，正如一条被锄头切断的蜥蜴一样！……

小巴思古阿尔已不认识自己的母亲了。在他的清醒的最后一刻中，他用一种温柔的粗暴行为把她推了开去。她该得走开去了！他是深怕害了她的，她的女友们把她拉到房外去，在厨房角隅用力把持着她。

加尔代拉，用他的垂灭的意志的最后的力量把那个病人系在床上。当他用力用绳子把他的儿子镇缚在这他出世的床上的时候，他粗大的眉毛是颤动着，而他半闭的眼睛是湿着眼泪了。他好像是一个在埋葬他、为他掘坟穴的父亲一样。那个病人在伸直的手臂下揉曲着、挣扎着，加尔代拉准得要用一番大力才得把他镇住在切到他肉里去的绳子下。活到这样大的年纪，到后来不得不来做这种事情！曾经创造了这个生命，而现在被无数的无补于事的苦痛所吓怕了，只希望这个生命绝灭得越快越好！

……上帝啊！为什么不立刻结果了这不能免死的可怜的孩子啊？

他关上了那卧房的门，避过了这种刺耳的呼声；可是在茅屋里，这种疯狂的喘息是不绝地震响着的，而那母亲的、那围在垂灭的灯边的邻女们的哭声，和喘息相和着……

加尔代拉顿着脚。“不要响，女人们！”可是人们不服从他，这是第一次。于是他出去了，避去了一片的悲哀声。

夜降下来了。他的目光落在那还在天涯记着白日去迹的微光的狭沙带上。在他的头上，星光耀着。那些已不大看得分明的茅舍发出马嘶声、犬吠声、牝鸡呼雏声，这些是在睡眠以前，动物的生命最后的寒战。这粗蛮的人在这盲目的、对于生物的悲痛没有感觉的自然界里，感到一种空虚的印象。他的沉哀和那在高处临视着他的点点的星光有什么关系呢？……

那辽远的病人的吼声又穿过了卧房开着的窗，重新来到他耳边了。他做父亲的初年的温柔都勾上心头来了。他回想起那些抱着啼哭的孩子在室中踱着的不眠之夜。在现在，这孩子还呻吟着，可是没有希望了，在那提前的地狱的酷刑里，等着死来解决。

加尔代拉作了一个害怕的手势，把他的手加在额前，好像去驱赶一个残酷的意念一样。随后他好像踌躇起来了。

怎么不呢？

——愿他不再受苦吧……愿他不再受苦吧！

他走进屋子去，立刻又走了出来，手里拿着他的那杆双响的旧枪。他向小窗边跑去，好像怕追悔似的，然后把枪凑近小窗去。

他还听见那痛苦喘息声、牙齿的相击声、猛吼声，可是这些声音都是很近且清晰的，好像他是在那不幸人的身旁一样。他惯在黑暗中的眼睛那时便看见了那在幽暗的房间里的床，那个跳动着的身体，那张在绝望的拘挛中忽隐忽现的惨白的脸儿。

他，这村落里的好汉，除了打猎之外没有别的娱乐，精于不必细细地瞄准而打中飞鸟的人，现在也害怕着自己手的颤抖和自己脉息的跳动了。

那个可怜的母亲的哭声使他回想起许多长远的，很长远的——到现在是二十二年了！——当她在这同一张床上生下这个独子来的时候的事情。

什么！这样了结吗！他凝着眼泪的眼睛，望着天空，看见天是黑的，可怕的黑，一颗星也没有。

“主啊！愿他不再受苦吧！愿他不再受苦吧！”

于是，念着这几句话，他便举起枪来，随后便找着扳机，用一只颤抖着的手指……两声可怕的枪声震响了……

孙春霆作

附录：伊巴涅思评传

伊巴涅思逝世了，西班牙丧失了无上的热力，全世界不见了伟大的标准。记得去年冬天还传着西班牙北部发生革命，在伊巴涅思领导之下，谁意想到一九二八年的一月路透电疾雷地向全世界——特别是被压迫民族，通告了他的死耗。真的，伊巴涅思的逝世感落多少友人的眼泪。在这六十的老年，他依然饱满地保有那青春的热情；尤其是这般丰满的生命力将他这几十年的存在，织成一篇活跃狂突的小说！这小说的意义的焦点，就是伊巴涅思苦斗一生，依旧怀抱着西班牙共和民主的理想，流浪，奔波，终于长逝在异地的法国Menton。

去年的春间，当他重到Menton的前几天，有一次在筵席上，他还向一般友人们讲述他计划作的小说。一部已开始而正在作的完全取材于哥伦布的生活的作品。他还说起一本最近的作品，其中那位西班牙学者，委实带点神幻的气味。谈到这件事，他忽然兴奋起来，愤然燃炽他的内心，震颤的声浪迸发在每句言语中，连饭店主人都几乎要来干涉了，但只遥远地立在几步外面，不敢走近来，仿佛甚至像献过一只碟子来的和平的举动，没法行使在这战争的空气内。

一个非难过战场生活的计划的想念，在伊巴涅思是不会接受的，他不仅是个文学家——其实这已经够光荣他的一生了，他还是一位有活跃的生命力的战士。除开他初年的几本作品而外，苦战一生的伊巴涅思给予他的著作一个鲜明的态度和一贯的生命：一个作者不是清风明月下的弄笛人或象牙塔里的唯美者。如他崇拜雨果（V.Hugo）的理由，主要的是因为他永远站在民众的中间，因为他为爱护共和国家的生命，不怕被谪戍到远方，不怕拿生命来交换。

最初拨动这位Valence商人之子的心弦的，是他对于海的情爱。在这情感上他是忠实极了，并且直到他最后的一日。从我们平常人看来，委实是过分的热烈，也就为了海的恋慕，他病重时尚力疾重来这地中海边的小村上，旅途的困顿，至少是加重他的疾病的。小村上，他有个花园，伊巴涅思曾在“一个小说家的世界一周”（*Le tourdu monde d' unromancier*）中抒情地讴歌它的美色和香味。只有沉醉在园中的时候，在对着无限沧海的凝视里，他忘怀了一切已往的岁月、流浪的痛苦。当他作那部*Mare Nostrum*《我们的海》之时，他还一些也没有奔居远地的情绪，完全像现在一般的哲学家，自己觉得是欧洲人，却偏说生长在地中海边。所以他也曾决心想把自己一生埋葬在Valence近旁的Malvarrosa小村中，临着San Vicente海峡。这些地方，他在童年时曾经做过多少次小舟的游浪，做过多少将来当海军的幻梦！

但这计划不久在他心中自然地消逝了。入海军是先要努力做相当的算学的研究的，而伊巴涅思和数目字，永远不能发生什么情感。后来，他又投身法律的研究中，这科学在当时的西班牙是一切名誉光荣的润泉。

是在西班牙京城Madrid，法律把他引了去的，但错综纷纭的法律条文又使伊巴涅思感到干燥无味了。倒是在马得利所举行的各种民众集会，他没有一回不参加，并且没有一回不说话的。这时候，他又发现了自身是一个共和主义者。

当时在法国遍地是共和主义者，特别是选举的时候，然而这一般的现象不能减少一二天才的类似行为的价值，文学家的政治立场尤其值得尊重。在伊巴涅思的理想中，当一个共和主义者不是一件容易的事情。他对于共和的信仰和法国女作家乔治桑特（George Sand）一样，热烈地幻想平等自由博爱的社会。每天晚上他总重复看徐雷士（J.Jaures）的“法国革命史”、米希来（Miche — let）和路易勃兰（Louis Blanc）的著作（二人都是法国革命党）。他也曾想到西班牙已往的光荣，想到它富厚雄伟的年代，想到它曾经摘取了阿拉伯的科学、犹太的工业。现在，这是在他叹息和愤怒中的，西班牙是落后的了。但这儿真所谓伊巴纳兹毕竟是伊巴涅思了，他的愤懑只集中在君主、贵教和教会上。他常常这样想，假使有一天西班牙军队中军官不能指挥兵士们了，西班牙人民将在跌在地上的君主、贵族和教士等的死尸上，重新建设西班牙的光荣。他还解释这光荣不仅附在政治的表面，还要树植在经济的基础上。并且，对于Castelar政府的夭卒致送了一声悠长的叹息后，伊巴涅思在他心中决定了一个联邦的急进共和国的计划和对于这计划的努力。第一次反抗王朝的暴动的组织者，我们这位文学家，就在暴动的失败里被捕下狱了。但他居然逃了出来，并且逃遁到巴黎。到巴黎后，住在Soufflot路的一家大旅馆中。如今伊巴涅思死了。这旅馆，这街道，在历史上，永成了怀念时代的英雄的表征！

几个月后他又回到了西班牙，在Valence地方创办了一家报馆，出版一种名为《民众》的日报。从他母亲那儿，他承袭的一份遗产，也就在这事业中全部牺牲了。报纸经济的来源虽然也是多方面的，但总十分瘦弱，并且，无论如何是不够的。伊巴涅思便倚仗他惊人的工作能力，使自己毫无困难地拿精神的财产来补充物质的不足。就是在地室的黑暗中一字一字地印出他这时所著的*Riz et Tartane*和*Fleur de Mai*，让在光明中的全世界的人们倾慕地赞读。

这是一个让人不可置信的事实，缠住在这报纸工作上，这位文学家就整天伏在报馆编辑室中了吗？这样的生活，在伊巴涅思是过不惯的。所以他在这时期中也曾组织了很多政治团体，更多的是他秘密地组织了偷运军火及假装的猎人等团体。真的，伊巴涅思从没有忘记这些物质的条件在任何可虑的危险上，他都要竭力去注意。

如其有人问伊巴涅思在这时期的生活中以什么为最高度的表现，答复是永远惊人的，因为在一般人想来，这种事实怎么也不能和伊巴涅思连成一起，就是极多次与人决斗。第一次是为了报馆的事，他和一个同事，起初只是以文学攻击，后来到底决斗。在这次不多时后，他又和一家保皇党的报馆主笔决斗。和一位将军的决斗算是第三次了。总之，在他离开Valence以前，一个对一个的这种决斗，在他简直成了和在报馆办事似的日常事情。“从不害怕”，这句话是他有一天被刺伤了打倒在地下时说的。还有一回是和人约定了各站在二十步距离远的地方，以手枪互击三十秒钟。这真是需要一人的惨死才能终局的了。

M.C.Pitollet在一本为伊巴涅思作的著作中曾动人地描写这段经过。伊巴涅思已经把他的武器掷向空中了，但他的敌手已开始轰击，他于是只把身子向左右躲避，两手叉在腰间。后这场决斗到底是和平地收束的。然而已经够危险了，一颗子弹正正地打在伊巴涅思的铜纽扣上，纽扣都打扁了。事后，别人给他们两人说和时，他的对手笑着对他说：“我实在真爱读你的小说。”“你几乎封闭了它的制造厂！”伊巴涅思蔼然地回答。

人民报上的社论或新闻的猛烈的攻击震动了西班牙全个政府。特别是伊巴涅思的文章不知煽动了当时多少人的心，政府就以和古巴战争时在Valence所起的暴动为口实，将他逮捕了。军事法庭立刻将他判了好几年的监禁。虽然一个意外的大赦令在十三个月后将他释放出来，但这一年的狱中生活永远地留给他一个可怕的印象。这个回忆在每次重复浮上心头的时候，总使他不快。从此后，如其有人对于他的过去有什么询问，总能得到他长篇有趣的叙述。如其有人和他讲起断头台，他总紧紧地握着双拳像受刑的一般，同时还颤颤地说：我不愿意讲这些，我不愿意！并且，和他的名著《启示录的四骑士》（*Quatre cavaliers de l' Apocalypse*）中的英雄Desnoyers一样，当别人问起他正从那儿逃生出来的斗争时，他总回答说：这是地狱！

出狱后不久，他被选做国会议员。这样能够斥责政府监督行政的地位给予他无限的兴奋和满足。在六个立法委员中，伊巴涅思代表Valence。但之后，他怎么也不愿意将他的名字再列入候选人的名单中了。Valence地方人们的苦求也不能摇动他的意志。所以在立法会议中有许多作者充当委员，而独没有伊巴涅思。不是他已往的毅力、才能、功绩等被世人遗忘了，这是他对于实际或正面的政治的一种暂时的厌倦。

“人人都可以当议员，但人人不是都能做小说家。”从他的经验中他抽出这样的一个结论，并且在这个结论下，他决计专心文学的生活。他这样认识自己是含有重大意义的，伊巴涅思在正面政治上所表现的成绩，好到最高限度也只惠泽了西班牙一隅的人民，伊巴涅思似乎知道世界在需要他了。

但伊巴涅思永远不能在生活中静处着，一种生命力的活跃在刺激他前进。他曾经旅行阿根廷，并且在群众的要求下，作了不少演说，后来还在Buenos — Ayres地方受到热烈的欢迎。在当时，他雄伟的声誉已满播在南美洲各国，他的著作也洋溢地散入甚至最闭塞的小隅，大或小的书店在合法或不合法的手续下尽力翻印他的著作。伊巴涅思在Buenos Ayres过了几个月的生活后，和正在那儿讲演Rabe ais（系法国文艺复兴中的健将）的法朗士同伴，取道到别的小邦。到处受着欢迎，他觉着自己又在这青春热烈的世界中兴奋起来，决心牺牲他一切的生命来完成这少年西班牙的光荣，在那儿，他的过去曾留下多少伟大的回忆。所以，伊巴涅思又转向一条新生命的道路了。不久他便得到两份产业，一在Rio Negro河畔而作他献身文学的证人，题名Cervantes，一在阿根廷的极北，题名Nueva Valencia，象征着他对祖国的怀念。从这儿到那儿需要四天四夜的长途旅行，坐了火车还要骑马。这实在不是一件好玩的事情，对于我们这位小说家，不停地从Cervantes跑到Valencia，把这成千的移民集合起来，开垦的工作组织起来，分配一切的机器，规定一切的职务，还要有时候写几篇东西，作几篇小说，甚至有几回还一跳跳到了西班牙，或者跳落在巴黎城中。在久别的西班牙和巴黎，他的友人们都热烈地愿意听他讲述种种冒险，讲述当时一班反动的工人把他围住口口声声要杀他的情状。记得法朗士最爱听他的讲述，还到处说：“在多少狂热紧张的时候，我的生命就悬在我的口上。”这句话是伊巴涅思自己极好的描写。伊巴涅思还常常动听地叙述Cervantes小村在政府没有安置警察前，是怎样地生活在道德、情义、自尊之中。一切的盗风窃案都是警察来后的成绩。

这两块产业的发展是需要巨量的资本的，就是在那时候，伊巴涅思设法在八十万Pesetas（西班牙币）的一张借票上签了他的名字。“我生平从没有签过那么一个痛快的字。”有一天他对着去访他的记者用这样含蓄的口吻在说，“你还将见我成为一个巨富，不是欧洲的，而是美洲的百万富翁，暴发户，我将来开家旅馆，来客都戴着鸡卵大的钻石。”这委实是太调侃了。

这幽默的幻梦随着时间日益呈着虚空了，一九一三年，阿根廷的财政已到了不可收拾的地步，这在伊巴涅思好几部关于南美洲的小说中可以真切地见着的。厌倦于一天天在增长的困难，他终于重回到欧洲了。未了的事情托付给一个银行家代他清理。

重来欧洲后，他有了几个月的休息，每天静默地写些小说或整理旧稿。一九一四年漫天的战云笼罩了全欧，空前的大战开始空前的破坏。对于这雨果（Hugo）的祖国，革命的渊源地的法国，伊巴涅思怀着一种热烈的爱的冲动，也可以说是拉丁的神秘的理想主义吧；但你看他冲进中立的队伍里代表法兰西说话了。总计在大战时，四年前后，竭尽肉体上精神上的能力，以友邦的学者的资格始终援助法国的，正义和良心要我们不能不承认伊巴涅思是其中最伟大的一人。大战的头几个月，他几乎天天在前线上，同时还在急迫中艰苦地作了三大巨册的大战因果的历史，广播全欧。第二年，他到各地方游历演说，在弥漫着德国的侦探和潜势力的Barcelone地方，他大无畏地攻击大战的祸魁。因为体力的竭尽，他在Nice小憩，但同时还利用这个闲暇，写了三大部小说，给予一班观望的国家一个重大的刺激，特别是美国。这部*Les quatre cavaliers de PApocalypse*，在这里面有最伶俐、最深入的描写和宣传（尤其是在说到在Desnoyers的古堡中德国人经过的那一章中），曾经在美国翻印到一百万本以上，沸腾了朝野中一般人士的心灵。

要测验他在美国民众内部的势力，只需看他在欧战告终后的第二年去游历美国时所受的欢迎。到处的民众团体都组织起来热烈地祝贺他，华盛顿大学送他个名誉博士的学位，上议院中也有个盛大的招待会。在重回欧洲前，他还到墨西哥去住了几天；当时的墨西哥还在无政府的混乱状态中。因为伊巴涅思对这种军国主义猛烈的攻击，惹起墨西哥地主阶级的愤恨，连累侨居墨西哥的西班牙人有好几个月在危险中。

本来，伊巴涅思计划从这次旅行中的所得来作一部小说，名*El Aguila y la serpiente*，后来这计划终究是被延迟了。

横渡大西洋的惊涛骇浪，又重来Menton了。伊巴涅思这回专心于整理和布置一个名Fontana Rosa的小村，是他新近得到的，他还常常叫它小说家之村。所以在他的计划中，这小村是将要具体地表现出各地大小说家的纪念的，它来日的光荣也就只系在一班作者集团的努力上。他建筑了好些宏伟壮丽的客室、图书馆、游艺室等；并且在这些十五世纪的名小说家的画像映辉间，他幻想世间一切已往的青春。他立志搜集各时代各地方的小说家的半身石像，但这是一件不容易的事情，他自己也曾说过："像意大利吧，一处充满着艺术家和诗人的地方，我将选哪些小说家呢？ Boccace吗？"

后来一个大计划的旅行将他从这些工作中拔了出来。在一个富商的船上他决心做一个少有停留的世界旅行。少有停留是为避免一切欢迎等等的应酬，让这次海洋中的游历多增些诗意，多增些风光，多增些景色。但有一次到底在Honolulu又受了大众热烈的招待。“有人在我头上套了一个花圈，这名贵的花卉和这浓烈的芬芳使路旁的一般女子都来我身旁呼吸。”

好几个月后，他又从旅行的疲乏里重登欧陆了。《巴黎杂志》有一次去请求他写一篇关于新近的西班牙的文章。一篇历史的，客观的研究。起初他答允了，几星期后，他回了一封信：“我工作了相当时间，但我真不信所写的能够登在杂志上。我说得太多了……”真的，他这篇作品在发表上有绝大的困难，这位老革命家在他的笔墨中是不能客观叙述了，你看他如何的痛恨迪克推多制，当时的执政者，和一切的政治。但三个月后，他去到巴黎，伏居在一家旅馆中，他起草他那篇著名的煽动民众攻击政府的小说*Alphonse XIII demasque*（暴露阿尔封斯第十三的真相），他决心要将这本作品散播到西班牙最僻的小村中，所以，不多时后，许多飞机载了几十万本来到西班牙的边境。无疑地，西班牙民众立刻起了个大暴动。“假若受了热烈的理想的冲动，而且假若这样是可以的，我们竟会到世界各大都会中去作宣传的演说。也许为救他们的弟兄和友人，世界工人会对西班牙执政者有个联合的战线。”当时他还这样说着。不顾胜利怎样，他在这事情上甘愿牺牲他全部的财产。“我也曾犹豫，或者呢，我能够安然在Fontana Rosa写写小说，但我自问没有这样的权利。那么我愿意干到我在西班牙的财产完全充公，自身被逐出国外了！”成功在他面前也显呈出不可实现的趋势，但一种惊人的自信力将他驱策到惊人的工作上。“如其有一天西班牙是共和国了，我将被选为总统。如其我做了总统，我定将被理想所牵引，这是一定的。”伊巴涅思这样肯定地说着，一手支着颏上，他已经从容忍的愁苦里幻想到有不可避免的一日，许多人围绕着他的尸身，稍有一点感触的美国人，从楼梯上下来时，斜视着这位身材高大的逝世者，周围簇拥着花朵。死后的花朵哟，你安慰这牺牲者，这革命战士的灵魂。

这样一个终局的描写，许将招起别人的笑话的；但这儿也未始不是伊巴涅思崇高的性格的表现，他在工作的计划或开始的时候已准备做最先的牺牲者了。“应当能够为理想而死！”他不怕说到这种字眼的。伊巴涅思从没有将兴味和方法看作最高的道德，所以他在光怪陆离的表象前，或是在掀天翻海的事业前，他同样地不退却一步。伟大的性情和深刻的见解融合成这种态度。世界上内容最丰富的胜利与成功永远是属于这样的人的。你看他在大战期间这样地援助法国，后来孤独地在法国的同情外，一个人干西班牙的民众运动。

永远地，永远地，珍重保留这大文学家的印象吧！他的生存，至少是消极地给予怀疑主义者一种知道为正义而努力的动力。为什么一样是行为，这种教人落泪，那种让人微笑呢？此后世界上最美丽最伟大的表现，不是文学，不是艺术，而是对准压迫我们的敌人的猛烈的一击了。

伊巴涅思所留下的著作是何等的伟大哟！他广博的知识生产出巨量的新闻社论、翻译、旅行的印象（如《意大利的三月》《东方》《一个小说家的世界一周》)、政治经济的研究（如《阿根廷》《墨西哥的军国主义》）、野战的作品（两册攻击西班牙专制政治的著作），但他的伟大是在小说上，所以我们只论他的小说。

一九〇一年在《巴黎杂志》上这篇*La Barraca*（《小屋》，法译*Terres maudites*）的发表最明显地划出伊巴涅思作品中最重要的一个阶段。它不仅是法国以后连串地译他的作品的开始，最主要的，他从此在西班牙民众中植下绝大的势力。他的重要的几部作品在西班牙每次新版到十六万本，次重要的也超越六万本。并且十分之九的小说已有各国的翻译，甚至日本也有。在美国，有时他的几本名著卖到一百万元的总数。

法国的翻译家M.Herelle的高妙的能力让法国人认识了伊巴涅思的伟大，并且译本的价值并没有比原文减少。这是很真实的，在M.Herelle的译文中丝毫没有模糊了伊巴涅思小说中的精要。因为伊巴涅思小说的伟大并不关系到他的文字，实际上他的文字的美也仅在水平线以上。伊巴涅思的小说中，一般读者都感着的是他表现力的生动，生命力的活跃浓厚的色彩，热烈的火花！所以在他文章中有时所有的软弱的句子，不连贯不照应的地方，一到法文的翻译中，都消灭在Herelle美秀的文字里了。这倒很有点拜伦（Byron）的风味！但在伊巴涅思每部作品中总有许多惊人的段落，在这里边找不到丝毫的疵误。

伊巴涅思的一部分著作，如其忠实地翻译起来，将给读者，对于其中巨量命题以外的文章一个重大的感觉。这位能力丰满的小说家，除了很可以完成他的艺术以外，常不能自制地被他强烈的冲动引到本意外的远处。

许是因为疏忽了童年或少年时代的教育，伊巴涅思在心理上，有一种“在什么上面都计划一种自己对自己的操练”的习惯，所以在他的作品中，常常会有过分铺张的毛病。

他第一期的作品，连他那《西班牙爱与死的故事》（*Contes espagnoles d’ amour et de mort*）也算在内，可以说纯粹地充满着Valence地方的色彩与风味。其中如*Riz et tartane*，一八九四年出版的，是描写他本乡地方小资产者的生活；如*Fleurs de mai*《五月之花》，发表的日期仅后一年，可看作当时Grav地方漏税者和一般渔夫等的环境在片段生活中的反映；到了一八九八年的*Terres maudites*出版，伊巴涅思的笔墨才深锐地进入农民生活的内心，此后的*Roseaux et Limon*（*Latr — gedie sur le lac*《湖上的惨剧》）的内容几乎全部是Albufera地方的草泽渔夫的声色。这许多的作品都染着浓厚的曹拉色彩，至少是受曹拉影响的。每一部都描写着一个单一体的社会的集团，而这许多不同的社会意识又都不同地表现在他的文字中。根据这些渔夫或农民的群体，他的描写也分别地着色：生活条件不满足时的欲望，粗陋然而忠实的爱情，和群体立于反对地位的个性（如*Terres maudites*中的Batiste），最奇特的是这些小说的收场总是一幕惨剧。贫穷，死亡，痛苦，一步也不曾离开爱情。但伊巴涅思那种逻辑式的笔墨能使读者也容忍地接受这惨剧的来临。如其我们想起了*Terres maudites*，有形廓地浮荡在我们眼底的，不仅是农夫Batiste的遭遇，他仓廪的火灾，儿子的死，最刺激的还是一片在炙日下的土地，水草的缺乏。又像在《五月之花》这本噩梦小说中，假若你有相当时日不看他了，最容易浮上你的回忆的，不是结局的残杀，倒是阳光里睡在河滩上的渔夫，依岸旁的小船，海洋的风景，舟身飘浮在浪花中的情状，这些描写永远带着鲜明的色彩留在读者的脑中。还有，像《湖上的惨剧》中吧，作者艺术的手腕将一切惨杀的印象都消融在泥泞、疾病等的生动的描写中。凡这许多都是伊巴涅思第一期作品中所表现出来的艺术上的价值。西班牙文学第一流的书籍中，都已经有它们的地位了。

伊巴涅思写了一部分纯粹的Valence的小说后，继续开始写西班牙的小说了。*L' Intrus*《闯入者》，*La Bodega*《葡萄果》，*La Horde*《群众》，*Al'ombre de la cathedrale*《在教堂的影下》，这许多都是他第二期中的作品，并且在相当的意义上，都是社会小说了。《闯入者》描写这些神父们死命地要侵入别人家庭中，结果是自己做了他们家中的主人。在《葡萄果》中，无数葡萄工人血战的罢工，形成一片黯淡的颜色点缀着这部爱情小说。群众引我们进入西班牙京城马得利的下层社会中，非意识地去同情他们的生活、病苦，甚至罪恶。在教堂的影下展开Luna的病苦的生存之末一页，宣告这位最温和的革命者是永远被社会遗忘的了。虽然有人论这些内容是戏曲的材料，不能表现在小说的题材中，但秉着丰富的生命力的伊巴涅思终于将这些事实折服在他的笔墨中了。真的，这是他艺术中最高的手腕，如在《在教堂的影下》中的Luna、《葡萄果》中的Salvatierra，都被描写成令人同情的英雄、和平的幻想者；但对于如《葡萄果》中的暴动者，他又竭力地写出他们的凶狠、率实、悲壮、顽强。这种描写的最高价值，就是伊巴涅思能了解各个不同阶级中的各个意识。

在这些作品中有时令人感觉不满足的，就是常有模糊的地方。先前在《五月之花》中和*Terres maudites*中的美妙的诗情的成分不能再完全在《闯入者》和《群众》中出现了。集团生活的描写常显得错杂。但其中大部分精粹的地方有时竟太强烈地困缠我们的注意力，如《葡萄果》中这一篇暴动的图画，《群众》中城内造纸工人的描写，永远是新代的表现、历史的真迹。然而自从伊巴涅思脱离了民众以后，他的作品中关于民众的描写，就立刻使人感觉到表面了。

一本代表的作品，*Arenes sanglantes*（《血染的决斗场》，从西班牙文译则为《血与沙》）。这里面Dona Sol是个政治上的卖艺者，这样的人物在以后的作品中是常见的；但他并没有处个重要的地位，这篇小说完全是在浓厚的色彩下绘着西班牙的斗牛，象征对于驯服，那边的民众已开始觉着他们青春和内心的愤怒了。伊巴涅思在这篇小说中的艺术，我们客观地承认是完成的。在这篇并不十分冗长的著作中，他调和着休息、热烈的同情和忧郁的恋爱！

还有两部写西班牙风俗的小说，*Luna Bena — mor*和*Morts commandent*，都是写站在不同的宗教上的爱情和冲突。第二部中的英雄Jaime Feber，出身贵族，但爱了一个犹太女子；在西班牙，和犹太人结婚是不许可的，尤其是贵族。这位少年便抱定结婚做目标开始奋斗，但结局他发现一切社会上的势力都联合起来反对他的恋爱。第一部的英雄Luna Benamor也是同样的情节，没有得到爱情的满足。

在*Femme nue de Goya*（《高夏的裸体妇人》）中，宗教的死的观念对于生存的支配是另一个方式了。这是叙述一个名画家的遭遇，在妻子逝世后，为得到一份重新的爱情，他尽力画了一张图像，作他永生的爱妻。后来，他也认识到这些理想的幻灭了，一切的爱情在他面前都成了空茫。伊巴涅思在这本作品的描写中是竭尽他全部的精力的。这里面有极美妙的生活和内心的分析，有历史的时代的成分。

伊巴涅思在阿根廷的居留在他个人的小说史上，又划出一个新的时期。他起初计划从这时期特殊的生活可以写出一部理想主义的小说，但大战将他逼着出动了。当时的痕迹只小规模地表现在两部作品中：*Les Argonautes*和*La reine calafia*，至于*La Tentatrice*，那完全是部时代下的小说了。

他在大战期间发表的三部小说几乎遍播全球：*Les ennemies de la Femme*（《妇人之敌》），*Les quatre cavaliers de l' Apocalypse*（《四骑士》），和*Mare Nostrum*（《我们的海》）。这三篇都是在《巴黎杂志》发表的。第一篇中充满着民众的气氛，末一篇最富丰富美妙的情绪，在伊巴涅思著作中，最富诗意的，忠实地说来，是《地中海之诗》。起头的六十页，关于Ferragut童时岁月和渔夫生活的描写，委实是宛妙地抒情的海洋的图画。

伊巴涅思晚年的几部作品，变更了描写生活片段的立场，完全传记化了。像在*Pape de la mer*（《海上的教主》）中，他系统地叙述一个阿根廷女人与一个西班牙男子的爱情史。还有一部名*Aux pieds de Venus*（《在维娜丝女神的脚下》）的小说，也是在描写一个人的一生。他的作风到这时完全变了。

现在，我们综合地研究了他的作品。在他著作的一生中，可分出几个段落来，第一期的小说是纯粹Valence的风味，继续下来的一个时期是充满着西班牙的色彩，后来又转到南美洲了。因为受了曹拉的洗礼，伊巴涅思的著作常随着地方转变而改变写作背景。大战的开幕呈献给他一个完整的世界，在这印象下的作风又移转到一个更广更新的方向。伊巴涅思性好游历，这在他小说上有重大的影响。他还爱看电影，这嗜好也曾发展他对冒险事迹的叙述的兴趣。

天才生存的年月，也和平常人一样地受着限制，这是人生神秘中最不神秘的部分。所以伊巴涅思也终于死了。除了生活和著作而外，对于这样一个天才还有什么可以叙述呢？痛惜吗？又要神秘了。崇拜吗？用不着的。对于一切最合理最永久的态度，只有认识——无论罪恶，无论伟大。令人怀想的伊巴涅思哟！我对你深深地认识了！

这篇文章内容多取材于今年二月十四日出版的《巴黎杂志》（*Revuede Paris*）中Marcel Thiebaut的一篇伊巴涅思评传。实际上，翻译的成分占到半数以上。所以不注写译者，因为除了内容而外，我对于全篇的结构和文字并没有忠实地负责。还有几部伊巴涅思的著作的名称，我因为不能切实地译出，终于未译，只保存法文的译文了。

三月十二日，于北京